Candaya Poesía, 31

RAÍZ DULCE

Diseño de la colección: Francesc Fernández
Imagen de la cubierta: Francesc Fernández, a partir de una pintura rupestre (silueta de un ciervo) de las cuevas de Lascaux (Dordoña, Francia), h. 17000-15000 a.n.e.

Esta obra ha tenido el apoyo para su creación del Ministerio de Cultura y Deporte a través de la convocatoria de las ayudas a la creación literaria correspondientes al año 2022.

MINISTERIO DE CULTURA Y DEPORTE
DIRECCIÓN GENERAL DEL LIBRO Y FOMENTO DE LA LECTURA

Primera edición: enero de 2024
Segunda edición: abril de 2024

Camí de l'Arboçar, 4 - Les Gunyoles
08793 Avinyonet del Penedès (Barcelona)
candaya@candaya.com / www.candaya.com
facebook.com/edcandaya

BIC: DCF
ISBN: 978-84-18504-66-2
Depósito Legal: B 2203-2024

Este libro se terminó de imprimir en el mes de abril de 2024 en los talleres de Estugraf Impresores SL, en Ciempozuelos (Madrid).

JUAN F. RIVERO

RAÍZ DULCE

Epílogo
Chus Pato

EDITORIAL CANDAYA

Para Enrique Fuenteblanca,
que también conoció a N.

Primavera de la nada

o seis poemas tras tu muerte

El dolor tiene algo del vacío
Emily Dickinson

HISTORIA DE LA PÉRDIDA

Porque en la historia de la pérdida
está
        todo el que vive,

siembro esta planta a la luz de la nada
y la observo existir,

y me reflejo en ella
como en los ríos que crecen,

y mi cuerpo se colma,
como el suyo, de tiempo;

una columna mínima
de verdor suave,

ya entregada a la muerte, igual que todo,
pero naciente y viva.

Y viva, al fin.

19 de abril de 2026

PRIMAVERA DE LA NADA

I

Todo se deshacía ante mí.

Un cansancio celeste
iba horadando

el mundo desde su interior,
como si cada cosa

después de tanto tiempo
hubiese rechazado

íntimamente resistir,
mantenerse en su forma

de cordón o cuchara,
de caricia o de juego,

de enfermedad o de alegría.

II

Amor, te vi llegar
junto con esta primavera
de la nada.

Bajabas por la calle
entre los niños,
entre las moscas y los colibríes.

Ibas mirando hacia ninguna parte,
alto y delgado como un gran ciprés,

y las cosas gritaban, agotadas,
tu nombre.

III

Te llamé varias veces pero no te detenías,
y es que también tú, amor, te estabas deshaciendo.

27 de agosto de 2026

POR UN INSTANTE

Pienso en la idea infantil
de la felicidad,
ese amasijo blanco
en que se forman
las primeras raíces de esperanza.

Es una tarde sencilla de junio;
bajo la curva serena del cielo
el mundo sueña
una transformación.

En Ciudad Lineal
los niños juegan de las manos
de sus padres. Los viejos callan, quietos,
y los miran
como si los tratasen de entender.

No demasiado lejos
alguien
salta al vacío

y,

por un instante,
vuela.

4 de septiembre de 2026

EL BOSQUE DEL DOLOR

Si en el inmenso bosque del dolor
naciese un árbol
sembrado en otra vida, hace ya mucho,
por mí,

si el implacable ascenso
a la memoria
se truncara y volviesen
los fantasmas que he sido,

si me fuera algún día
sin las palabras puestas
y aunque llamaseis no os supiese contestar,

recordad que hubo un tiempo
en el que fui feliz

y en que amé como un niño todas estas cosas
en su camino hacia la destrucción.

1 de noviembre de 2026

VÍA LÁCTEA

Así existe lo bello
sin sentido ni fin:

más allá de la luz
pesada y turbia
bajo la que respira
la ciudad,
más allá de la negra
mansedumbre del cielo,
más allá de la luna
dulce y triste,
de los planetas sordos
como piedras,
del cinturón de Kuiper,
de la nube de Oort,
más allá del helado campo
del vacío,

brilla lejanamente
la Vía Láctea.

19 de enero de 2027

VIENTOS DE MARZO

Solo, frente al balcón,
viendo al viento agitar
estas ramas cargadas
de flores,

                    comprendo
la tristeza profunda
de primeros de marzo,
cuando el mundo, rendido,
es obligado a alzarse
y revivir.

10 de marzo de 2027

Raíz dulce

toda la noche entera
canten el amor tuyo
Safo

hasta la miel rechazo de mi boca
Nosis

[NOTA]

La persona a la que se dirigen los poemas de este libro ya no vive.

Murió en Sevilla a los treinta y dos años, a causa de un melanoma que le fue diagnosticado cuando ya no había nada que hacer.

Hasta entonces, me había unido a ella una amistad muy larga, nacida bajo la forma de un amor adolescente que, en mi caso, también fue el primer amor.

Su vida transcurrió entre el pueblo en el que nos criamos y las ciudades de Sevilla, Madrid y Yokohama. Estudió Historia. Trabajó cuanto pudo. Intentó a toda costa ser libre, y a veces lo consiguió. En ocasiones, según me contó ella misma, fue feliz.

No sé decir qué he pretendido al escribirle de este modo. Los poemas fueron originándose consecutivamente, primero de su recuerdo y la añoranza y después, con el paso del tiempo, unos de otros, hasta que conformaron esta imagen temblorosa y fragmentaria a la que intento aferrarme por miedo a olvidar.

Me gustaría pensar que, en cierto modo, la poesía restituye.

Primera parte

Raíz dulce

I

LA INOCENCIA

Amor, enemigo mío...
García Lorca

El simple movimiento de la vida
es el amor.

Piensa en la masa enorme del gran ciervo que desciende a abrevar en la ribera, en los brazos que tensan el arco antes de disparar, en las fibras trenzadas de las patas que corren, las gargantas que gritan; en la alegría de la punta de piedra que silba en el aire.

No hay más que un gran segundo del Paleolítico a ti, ahora, en la puerta del club mientras te sube el eme o, ya más tarde, en la parte de atrás del autobús, de regreso a tu casa con la fiesta aún meciéndote. Aunque tú no lo sepas, estos mismos polígonos fueron bosques agrestes, tibias colinas vivas y horadadas de acuíferos; aquí los animales encontraron un hogar y lo habitaron junto con las plantas, que cambiaban despacio pero con firmeza, como el cielo de otoño o las piedras de un río, y aunque no se dieran cuenta ellos cambiaron también: primero desde el nacimiento hasta la muerte, una y mil veces, y después largamente en su ilusión de inmutabilidad –esa ilusión pequeña, de seres pequeños.

Una voz imprevista se dirige a ti:

«¿No vienes?».

Cris te abraza despacio como un árbol. Siempre se las arregla para aparecer así, como si conociese cada hueco en la pared de tu concentración. Se lo has hecho notar algunas veces, y ella se ríe: «Nunca estás en el mundo, Pez», pero sí que lo estás, a tu manera, entre un lugar de niebla más allá de tu frente, del color de los cuadros de Gérôme, y este presente dulce y de valvas cerradas.

La presencia de Cris se agranda lentamente. Un coche entra en la calle y te deslumbra. Hay a tu alrededor grupos de niños claros inhalando popper, maleteros abiertos, camellos que vigilan si la policía viene y se pasan la noche viendo vídeos en YouTube.

«Vamos», dices, pero cedes al tierno mordisco en el cuello, a las manos sedientas que te buscan la cintura.

Te gusta la nuca rapada de Cris, acompañarla en su ascensión al beso, como el eme, que se acumula eléctrico en la piel de los labios y las palmas

(el simple movimiento de la vida
es el amor)

y los dientes de Cris como recién nacidos, como mármol mojado los dientes de Cris, y el gigantesco ciervo, hace un segundo, perseguido en el aire por la flecha menuda, las fuertes patas rotas, súbitamente débiles, el chillido apremiante de los cazadores que lo rodean agitando los brazos, una muerte que es falsa porque es movimiento, el puro amor incardinado al hambre en la cadena trófica, al deseo que se eleva esa noche ante el fuego; y esta noche, en la que Cris te toma de la mano y te devuelve al interior del club, una vez has pasado una puerta, y luego otra, y la música estalla como un sol dentro de ti.

II

LA REALIDAD

amaba los relámpagos
Anne Carson

De Cris no sabes nada, o casi.

(Hay en el club una lluvia de luces, idéntica a una lluvia real). La conociste hace ya varios meses, en el Zulo. La habías visto con Sandra alguna vez, pero no habíais hablado hasta esa tarde en que llegaste pronto y la encontraste sola en una esquina, con los ojos vidriosos de tanto fumar.

Te tocaba limpieza y ella te ayudó. «A cambio de alquilárnoslo barato», le explicaste, «al viejo hay que tenerle el barco como una patena».

Cris estaba sentada enfrente del velero, y sin embargo se quedó mirándolo como si hubiera aparecido en aquel mismo instante.

«¿Para qué tiene un barco en una nave industrial?», preguntó, y tenía algo en la voz que te atrajo enseguida, algo ya adulto y ciertamente oscuro, aunque agradable. Tú le contaste que no lo sabías, pero que de cuando en cuando el dueño se pasaba por allí y, si veía que el velero estaba sucio, se ponía hecho una furia.

(Cuando llegáis al centro de la pista os encontráis a Pau bailando solo, con los ojos cerrados y la cara iluminada por decenas de gotitas de luz. Miguel habla en la barra con alguien que no conocéis, y de Sandra no hay rastro hasta que, más allá del brillante cuerpo de la fiesta, al otro lado, te parece advertir un destello rojizo agitado en el aire).

«Los chicos usan la cabina para hacer submarinos. Eso y alguna cosa más», dijiste.

En realidad, la única norma era que no se dejasen nada dentro, sobre todo colillas y condones, pero eso no se lo contaste a Cris. Te limitaste a darle una bayeta y explicarle que en el Zulo solo entraban socios, así que, si no pagaba, le tocaba ayudar.

Con el tiempo supiste que la noche anterior se había escapado de la casa de sus padres, aunque ella nunca te aclaró el porqué. Además de su cuerpo, que es ligero y huidizo como el de un gorrión, lo que conoces de ella se resume en que vive en una casita baja en Caño Ronco, no demasiado lejos de la finca de Sandra, que casi nunca va a clase, que le gustas, y que, aunque estuvieses siempre con el grupo, supo desde el principio que venías de otro lugar: «Por esas gafas caras, Pececito, y esos vaqueros caros que te paga tu madre».

(Ahora la ves plantando un beso en la boca de Pau, todavía sin soltarte de la mano, y apartándose luego para que tú lo beses; esta es, radiante, elástica, la vida que ahora vivís: cuerpos recién abiertos, ni entumecidos por el tiempo ni infantiles, aún estudiando y sin embargo ya lanzados al mundo real, a sus juegos de amor, de arrogancia y de drogas.

Además, en los pueblos –tú lo sabes– es distinto…).

«¿Entonces todos os conocéis desde el colegio, o solo Sandra y tú?», preguntó Cris.

Mientras limpiabais, te hizo todas las preguntas de la Tierra. No tardó en darse cuenta de que eras tú quien guardaba silencio normalmente, ni en descubrir que para hacerte hablar convenía preguntarte por los otros e ir llegando hasta ti de manera indirecta, como quien busca en un espejo el mejor ángulo para observar lo que sucede en otra habitación.

(Finalmente, la noche se extingue y, tras la fiesta, de regreso al pueblo, con un hilo de euforia todavía en la sangre, miras tu propio rostro reflejado en la ventana del bus. Fuera, todo transcurre oscuro y definido por la forma de tu cara contra el vidrio azulado; dentro, Sandra deja caer la cabeza en tu hombro y se recuesta contra ti, pero es Cris, desde el asiento de delante, quien se vuelve a mirarte y la señala con una sonrisa).

III

EL PLACER

la sombra de las flores pesa sobre las puertas
Li Qingzhao

Te despiertas en casa de tus padres, a las tres. La persiana está llena de hoyuelos por los que entra una luz que forma charcos cálidos encima de las sábanas. Te agrada deslizar las piernas sobre ellos, dejar que sea este sol de otoño suave el que te vaya abriendo poco a poco, igual que una caricia que empezase en los muslos y alcanzase la sangre a través de la piel.

Todavía no conoces la tristeza de los días idénticos. La pereza aún no es ácida. Sigue habiendo un placer irreprochable en tu cuerpo desnudo, en la masturbación despreocupada que recuerda la boca entreabierta de Cris o los brazos morenos y fuertes de Pau. Cada nudo nervioso una granada roja, cada golpe de oxígeno un tallo que crece y, después, ya en el flujo feliz de estos sábados santos, la ducha larga y la voz de tu madre, la comida en la mesa, tu padre que te dice «Los exámenes, qué tal», «Si casi nunca estudias», «No te vayas tan pronto...» –hemos quedado en vernos en el parque, tú y yo–, «… y no llegues tan tarde como esta mañana».

«Esta semana han despedido a algunos compañeros…».

El trabajo de tu padre todavía aguantará unos meses más. Por el momento la crisis es tan solo una lluvia de pavesas doradas, el rechinar de un cielo a punto de quebrarse encima de nosotros, que tan poco sabemos todavía de él.

En el patio, al jazmín le quedan algunas flores abrasadas por el sol, ya casi negras. Esta tarde las ves cuando bordeas la casa de camino al parque y te detienes a arrancar una, dos, con la sensación agria que produce que algo que ha estado vivo hace muy poco se nos deshaga en las manos.

Por lo demás, la tarde es cálida y una brisilla vieja se entretiene en agitar la ropa de los tendederos. He llegado con tiempo al parque del Marqués. Te espero en uno de los bancos que rodean la fuente, en los jardines de la antigua hacienda, desgarbilado y alto, ingenuo, charlatán; siempre extraviado dentro de mi nube de palabras.

Las horas se nos pasan conversando en la parte más íntima del parque, detrás del antiguo estanque que alimenta las acequias, donde el jardín se desfigura y la yerba abre claros caprichosos por doquier.

Cuando nos despedimos, sin que yo me dé cuenta, me observas alejarme calle arriba. Ya conoces el vértigo tranquilo que me ocupa, y, aunque tú no lo sientas, dejas que se desplace a ti también.

Después bajas la calle en sentido contrario, hacia el Zulo.

Has quedado con Sandra, pero cuando tú llegas ella todavía no está, así que abres la puerta y entras sin encender las luces. Luego cierras con llave y te sientas a esperarla en uno de los colchones que hay tirados por el suelo. (En realidad, el Zulo no es más que un pequeño almacén industrial que amuebláis con los trastos que encontráis en la basura).

Todo, esta tarde, te parece en calma; todo se inclina a ciegas con el sol. Los días son tibios y el otoño, clemente, irá a morir en brazos de un invierno lleno de verdes bellos en su espera.

No es posible que sepas lo que está por venir. (En la penumbra roja del ocaso, encima del remolque, grande y hueco, el barco da la sensación de ser un animal).

El sueño te alcanza rápido y profundamente.

IV

LA NOCHE

tú no sabías que la muerte es bella
y que se hizo en tu cuerpo
Claudio Rodríguez

En silencio, a tu móvil se le enciende una luz. Te están llamando, pero no lo escuchas.

Fuera se hace la noche e, intranquila, la brisa se lamenta y raspa la pintura del portón del Zulo.

No, todavía no conoces la tristeza de los días idénticos, la decepción, la rutina que pudre, la gota negra y gruesa que te baja rodando de un lunar. Todo eso llegará mucho más tarde, cuando los ríos del tiempo, que tan abruptamente se ensanchan u ocultan, se embravezcan.

V

EL SUEÑO

pero fuera del tiempo y del espacio está el imperio de la Noche
Novalis

Ahora duermes. (Luego vendrán Miguel y Pau, borrachos, y después Cris con la tristeza aflorando a la piel, como una marejada que ascendiese desde el centro de su cuerpo. Pero no todavía). Cuando llegaste al Zulo te sentaste en un colchón. Sandra no contestaba a los mensajes, así que decidiste acomodarte y esperar. La luz, al retirarse, iba cambiándole el color a los objetos; los transformaba en bultos recubiertos de un pelaje suave, en distantes montículos de ceniza engañosa sobre los que, rendida, la realidad cobraba la maleabilidad del corazón. (Luego te arrancarán del sueño bruscamente. Miguel intentará abrir el portón con una llave equivocada y Pau se enfadará con él. Serás tú quien les abra desde dentro y ellos –plomizos, torpes– repararán en que has estado todo el tiempo aquí, con la alegría de ayer y la dulzura de la tarde recostadas en los párpados. Entonces se atragantarán con las palabras, pero aún no). Ahora sigues flotando en un sueño indeciso. Fuera, en la noche fresca, el aire sopla, y en tu interior algo se agita y se mueve con él: los paisajes se mezclan; se curvan los tiempos: de pronto adviertes tu reflejo en el espejo del pasillo de la casa de tus padres. Tienes diez u once años y, jugando a vóley, te han reventado un labio y la sangre te mancha las mejillas y el mentón. (Después llegará Cris y te lo explicará todo:

El hermano de Sandra,
El Canche,
¿te acuerdas de él?

Se ha suicidado.

Lo han encontrado ahorcado en El Cañal.

Pero no todavía). Ahora duermes y frunces levemente el ceño, te das la vuelta, cierras la mandíbula, los puños, como si el cuerpo entero presintiera la llegada de una contracción, de un arrugarse súbito en la superficie de las cosas.

Y después nada más.

Los momentos se mezclan en la sombra nocturna. Una paz densa y honda lo ennegrece todo. Algo ya no es lo mismo en la faz de la Tierra, en su rostro de agua y piedra y cal. Pero tú duermes

y tu cuerpo se empieza a relajar despacio

y la sangre te corre por las venas, sana y dócil.

VI

EL DESCONCIERTO

después de todo, lo que en el otro nos conmueve
solo es un préstamo que le ha hecho la vida
Marguerite Yourcenar

(El Cañal está a unos tres kilómetros del pueblo. Es un chalet bajo y antiguo, en mitad de una finca rodeada de chumberas. Junto a la casa hay una alberca con los muros blancos en la que Sandra y tú os habéis bañado muchas veces, cuando tu madre trabajaba por las tardes, ¿lo recuerdas?, y sus padres venían a buscaros al colegio).

Cuál era El Canche de los dos, ¿el bizco?

…

No te pongas así, joder.
No los conozco.
Solo sé que los dos estaban mal,
pero que uno tiraba.

…

Daniel, ese.
El Canche entonces era el otro…
El bizco.

…

¿Ves?

Pau y Miguel discuten entre sí. Huelen a polen chusco y a cerveza. Te desagrada oírlos y te gustaría pedirles que se callen, pero no eres capaz. También la luz blanca del Zulo te resulta molesta, y lo cierto es que debe de ser evidente porque Cris te pregunta si te encuentras bien. (Sandra, ¿recuerdas?, es tu mejor amiga. Sus hermanos mayores son gemelos. Se llaman Daniel y Emilio. Tienen el pelo rojo oscuro, aunque menos brillante que el de su hermana menor, con quien también comparten la piel pálida y cubierta de pecas. Iban dos o tres años por delante de vosotros, primero en el colegio y después en el instituto, así que los habéis visto pasar de curso en curso desde niños, cada vez más frustrados a causa del desprecio opaco y terco con el que sus compañeros los trataban. Por lo que respecta al carácter, Daniel es el más sencillo de los dos, y quizás el menos inteligente, pero también el menos impulsivo y el que tiene mayor facilidad para evadirse o diluir en aficiones la amargura de lo cotidiano –le fascinan los pájaros, ¿recuerdas?, y en general los animales, con los cuales ayuda a su padre en los terrenos aledaños a la casa–. A Emilio, al que llaman El Canche, lo han hecho más vulnerable que su hermano una bizquera pronunciada y una inteligencia dolorosamente blanda ante las burlas, tanto que nunca ha resultado raro verlo rabiar de angustia al descubrirse víctima de una broma pesada, por ejemplo, o mascullando entre dientes cualquier amenaza que se hubiera propuesto devolver. A consecuencia de ello, y para su infortunio –pues aquella actitud le hacía la vida mucho más difícil–, desconfiaba de todos y los despreciaba incluso antes de tratar con ellos, suponiendo en cualquiera un reguero de agua emponzoñada que tarde o temprano encauzaría en su contra.

Aquellas y muchas otras diferencias resultaban evidentes entre los gemelos, al menos cuando el celo implacable de Emilio no impedía intercambiar un par de frases con Daniel, a quien continuamente sobreprotegía. Sin embargo, no habían impedido que fueran inseparables hasta que Daniel repitió curso en cuarto de la ESO y Emilio, que tendría que haber hecho lo mismo, dejó de estudiar).

Trabajaba en una carnicería.

...

¿Y yo qué sé? Supongo que es horrible,
pero un montón de gente
tiene un trabajo horrible y no se mata,
¿no?

(Lo cierto es que, hasta ahora, para ti los hermanos de Sandra han sido poco más que un misterio impreciso: habitaciones cerradas en la casa de El Cañal. A veces de una de ellas salía Daniel, cuya sonrisa gacha pero amable te animó en una ocasión a acompañarlo hasta las pajareras, donde guardaba una docena larga de canarios y jilgueros cantores. A Emilio, por el contrario, lo viste muy pocas veces en aquella casa, pues ni siquiera allí parecía ser capaz de protegerse del torrente de violencia que caía sobre él. Lo recuerdas, no obstante, cierta tarde plomiza de un verano tórrido, mirándote desde la ventana de su cuarto cuando te dabas un baño en la alberca. Daniel estaba de pie detrás de él, apocado y nervioso, y se alejó de la ventana tan pronto como advirtió que elevabas la vista y los cazabas por casualidad. Emilio, por el contrario, siguió clavándote los ojos hasta que Sandra se dio cuenta y le gritó que echase la persiana, aunque en aquel momento tú no entendiste por qué. Te limitaste a quedarte observando su expresión oscura mientras Emilio corría las cortinas con un golpe seco.

Sandra no se llevaba bien con sus hermanos, a pesar de lo cual, cuando escuchaba a alguien burlarse de ellos, respondía como si os estuviesen insultando a ella o a ti. Y es que a ti Sandra te quería con furia, ¿lo recuerdas? Todavía lo hace, y por eso esta angustia punzante en el pecho al reparar en que, sin ser consciente, le has fallado cuando más falta le hacías).

Preocupada, Cris te toma una mano e intenta mirarte a los ojos. Tú te levantas y te pones a buscar el teléfono por el suelo del Zulo hasta que das con él debajo de un cojín. Entonces ves los mensajes que han llegado uno tras otro y las llamadas perdidas de Sandra, de tu madre, de Cris, de Miguel.

...

Pececito, no llores.

...

De tu cuerpo conoces la alegría y nada más. Cris se sienta a tu lado y te enjuga las lágrimas. (Ella ha sido la última en llegar a vuestro grupo, hace solo unos meses. Primero conoció a Sandra y luego a ti).

«¿Por qué querría matarse una persona?», le preguntas.

Un silencio pesado se derrama en el Zulo.

Tienes dieciséis años. Los acabas de cumplir, y sin embargo la mitad de tu vida ha transcurrido ya.

Recibes por primera vez la imagen de la muerte.

[NOTA]

«La verdadera poesía es antibiográfica», dice Paul Celan*. «La patria del poeta es su poema, [...] cambia de un poema a otro. Las distancias son las antiguas, eternas: infinitas como el espacio sideral en el que cada poema intenta afirmarse como –diminuto– astro. Infinito también como la distancia entre su yo y su tú: desde ambas partes, desde ambos polos se tiende el puente: en el centro, a medio camino, allá donde se espera el pilar de soporte, desde arriba y desde abajo, está el lugar del poema».

* Celan, Paul, *Microlitos. Aforismos y textos en prosa*, Trotta, 2015; trad. de José Luis Reina Palazón, pág. 73.

VII

EL FUTURO

en el umbral de la estación del frío
Forough Farrojzad

Hay una ave traslúcida en el cielo.

Traza un círculo amplio
donde nadie la ve.

En el centro del círculo
nuestra memoria

crece concreta y dulce hacia el futuro.

VIII

LAS PERSONAS

Veloces como caballos galopando.
Incontenibles.
Zhuang Zi

¿Qué son diez años para un cuerpo? ¿Qué son doce, catorce, dieciséis?

Conocerás la miseria y la holgura, la rabia y la felicidad, la calma, el dolor y el cuidado. Estudiarás Historia. Aprenderás idiomas. Te alejarás, como todos, de los pueblos del sur. Vivirás en Madrid y en Yokohama. Cuando regreses a Sevilla para ver a tu madre, quedarás con algunos de tus viejos amigos –sobre todo con Cris y con Sandra– y hablaréis de las cosas que pasaron entonces, pero también del tiempo que os desgasta e impulsa como un flujo interior, cada vez más potente conforme los rostros cambian y las distancias crecen entre unos y otros. (El amor es el simple movimiento de la vida, ¿lo recuerdas?

Piensa en la negritud sin fondo de las grutas, los primeros hogares de los seres humanos. Piensa en concreto en una vasta cueva situada en la ladera de un monte que mira hacia el mar, hace unos siete u ocho mil quinientos años: ¿ves la masa ya muerta del gran ciervo descuartizada a la vera del fuego?, ¿ves las caras serenas y alumbradas por la luz rojiza? Lenta y rotundamente avanza su despoblación. La llanura es hermosa y proclive al cultivo. Se levantan casitas como cuevas minúsculas, se someten los bosques –tal vez en este instante esté naciendo el jardín–, pero donde tú piensas todavía sobreviven los sigilosos ritos de la caza, y los cantos sagrados hacen vibrar la piedra en los solsticios.

Piensa, amor: ¿ves el rostro dormido del guardián de la llama?, ¿ves levantarse a esa muchacha con el pelo oscuro? Antes de echar a andar mira un instante al hombre que dormía a su lado; después se aleja de la lumbre caminando de puntillas, toma una piel y se dirige decidida al exterior, hacia una noche abierta y brillante de estrellas.

Que el cuerpo sea la espuma de una ola le da igual, una casa de huesos, una caña tronchada…).

Sandra pasará años muy difíciles. Tras el suicidio de Emilio, el espeso tejido que la unía a su familia se contraerá hasta amenazar con asfixiarla. Ella reaccionará con la violencia propia de una adolescente: serán tiempos de rabia y de desobediencia sin propósito, de demasiada marihuana, pastillas y alcohol, de los que sin embargo acabará por recobrarse. Se sacará el Bachillerato cuatro años después que el resto de vosotros. Estudiará Turismo y trabajará en un par de agencias antes de montar un bar con un chaval del que se había quedado embarazada y con el que se había casado al poco de cumplir los veintitrés. Cuando tú y yo cortemos –claro–, perderé por completo el contacto con ella, pero mucho después, ya en Madrid, me contarás que todavía os habláis y me acostumbraré de tanto en tanto a preguntar cómo le van las cosas, imaginando su vida por tus breves informes.

Por lo que respecta a Cris, seguirá siendo siempre un gran misterio, aunque eso no le impedirá convertirse en una de tus mejores amigas. Estudiará Sonido e Iluminación. Se mudará a Sevilla y, hasta cierto punto, se alejará de Caño Ronco, pero no de su modo irreverente de vivir. Trabajará cuando pueda en teatro y en radio, y en lo que le vaya saliendo cuando no. Se implicará en colectivos y en luchas sociales. Será rebelde, comprensiva, fiel, y en todo ello, a veces, se encontrará sola, a pesar de lo cual seguirá siempre peleando un poco más.

Será la depresión quien se lleve a tu padre, ya sin llanto, sin trabajo, sin fuerzas. En la casa se quedará tu madre, sola, pues tú terminarás la carrera y vendrás a Madrid, donde te pagarás el máster trabajando de noche en un garito. Luego conseguirás una beca de prácticas en el Museo Etnográfico y pasarás tres años trabajando allí, mientras estudias japonés y chino y preparas una tesis acerca de la transmisión de cierta historia griega a la literatura asiática.

En 2023, tras la pandemia, conseguirás el puesto en Yokohama y te irás aún más lejos, adonde siempre soñaste con estar. (Tal y como esta chica que, inquieta, a la busca de alguien, abandona la cueva y se pierde en el tiempo.

*

Quizás te acuerdes de unos versos que traduje de Yi Lu.

Te los leí en el pueblo el día que quedamos para celebrar que por fin te marchabas a Japón, después de todo el papeleo y los preparativos del viaje:

> La eternidad no es una línea recta.
> Se parece más bien
> a cuando estalla un diente de león
> o al dolor cuando irradia de los corazones;
> vuela en innumerables trayectorias [...].
>
> No existe la aguja capaz
> de abrirle un agujero
>
> porque la aguja misma
> edifica también la eternidad).

IX

LOS DERRUMBES

todo cambia,
ha cambiado
o cambiará,
a las rocas les crecen raíces
y brotan
Ana Blandiana

Tras la muerte de su hermano, Sandra se replegó. Pasó semanas sin cogerte el teléfono y, cuando por fin lo hizo, te trató como si no lo merecieras.

Durante los meses siguientes, Cris hizo todo lo que pudo para ayudaros a solucionar las cosas. Habló con Sandra y le explicó cómo te habían encontrado ella y los chicos en el Zulo, todavía bajo el peso de aquel sueño intranquilo y cargado de imágenes que tan abruptamente había desembocado en un océano de oscuridad. También hizo cuanto le fue posible para que entendiera que era absurdo culparte de algo que no habías hecho adrede, pero ella ya había decidido no escucharla, como tampoco te escuchaba a ti.

Al fin y al cabo, el suicidio de Emilio la sobrepasaba. Y lo cierto es que aquello no era de extrañar, en especial teniendo en cuenta que todas y cada una de las redes que en teoría se habían dispuesto para él habían fallado de manera estrepitosa, desde el propio instituto hasta la media docena de psicólogos entre los que su hermano y él habían estado dando tumbos desde niños.

A Sandra, de pronto, la acostumbrada rudeza de Emilio, que tan molesta le había resultado siempre, se le antojaba una señal insoslayable de dolor, tan evidente que no comprendía cómo podía haberla ignorado hasta entonces. Por lo demás, ni siquiera sus padres parecían haber sido capaces de hacer nada, ni tampoco Daniel, que tan cerca había estado de su hermano gemelo y que, desde su muerte, guardaba un silencio pétreo que se extendía hasta los cimientos mismos de la casa de El Cañal.

La realidad, en fin, era de una crudeza inusitada: sencillamente, sin que hubieran saltado las alarmas, sin que se hubiese producido cambio alguno más allá de un lentísimo ensombrecimiento del humor, un día cualquiera, Emilio había cogido el cinturón, había buscado el sitio idóneo en que anudarlo y se había ahorcado.

El día anterior se había comprado
un juego de la Play,

te contó Cris;

Sandra dice que lo tenía
encima de la mesa de su cuarto,
como si hubiera
pensado estrenarlo esa tarde.

A ti te destrozaban los remordimientos, aunque efectivamente Sandra no tuviera derecho a castigarte con esa crueldad. Desde su perspectiva, en cualquier caso –y a diferencia de Cris–, tú te encontrabas demasiado lejos del dolor como para que ella pudiera mirarte sin compararse contigo; y en el fondo es irónico, porque Sandra tampoco sabía lo que estaba por llegar.

Todo empezó por el trabajo de tu padre: a mediados del año anterior, la consultora, pretextando pérdidas, había despedido a una primera tanda de trabajadores entre los que cayeron muchos de los más veteranos, y a los pocos que mantuvo, incluido él, los explotó cuanto la ley lo consintió.

Finalmente, a mediados de enero de 2010, después de un año y medio trabajando a destajo, le llegó el turno del despido junto con el de quince compañeros más. Tenía cincuenta y cuatro años y aquel día, cuando llegaste a casa a la hora de comer, te lo encontraste sentado en los escaloncitos que suben a la puerta del patio, fumándose un cigarro con la vista perdida en la maraña verde y descuidada del jazmín.

Algo extraño en la escena te impidió saludarle. A esas alturas del invierno, la planta había regresado a su antigua humildad. Ni siquiera aguantaban en ella las flores quemadas de principios de octubre, y sin embargo tu padre, sin percatarse de que habías llegado, parecía estar absorto en su intrincada red, como si esta escondiese algún tipo de enigma.

Tuve una sensación muy rara,

me contaste luego.

Parecía que hubiese algo
alrededor de él...

Un trocito de espacio
deshecho,
visible;
como cuando
se suelta algún hilillo de un jersey
y te das cuenta…

Y te das cuenta…

A mí se me quedó grabada aquella imagen junto con la tuya, hablándome sin mirarme, con la cabeza apoyada en la mano derecha y las mejillas húmedas de llanto.

Me contaste también que decidiste dejar a tu padre en el patio y entrar en la casa por la puerta principal, que subiste a tu cuarto sin pararte a decir nada, que tu madre llegó un rato después y se encontró con él en aquel mismo sitio, todavía contemplando las hojas silentes.

Aquella noche, después de la cena, súbitamente animado, tu padre abrió una botella de bourbon y os sirvió un par de copas a tu madre y a ti.

«¡Por el futuro!», brindó.

Recuerda a tu madre, luego, adormilada al lado de tu padre en el sofá. Él te cuenta una historia de antes de que nacieras y te sirve una última copa de bourbon mientras jura que te va a prohibir beber hasta los veinte.

Es la primera vez que los has visto así, y te hace gracia, aunque en el fondo sepas que ya nada será como antes.

X

EL AMOR

enséñame, tan solo enséñame, Amor;
tal como tú me digas
aprenderé tu lengua [...]
y pensaré tu pensamiento
Robert Browning

(Amor, dime, ¿qué es existir?,
¿qué este moverse siempre
en la corteza del vacío
esperando en silencio una disolución,
un volver al espacio del origen,
al principio final, al tiempo cero?

La nada es solo un nido
que camina hacia nosotros, amor,
que regresa a albergarnos nuevamente,
a liberarnos de cuanto hemos sido,
de cuanto hemos amado,
de cuanto hubo en nosotros
de fealdad y belleza;

pero aun así da miedo, amor,
¿no te parece?)

Lo que nos acercó al principio a ti y a mí, antes de que muriese Emilio y sucediera todo lo de Sandra, fue Japón. Te encantaban el manga y el anime, igual que a mí; y es que Sandra y tú os habíais pasado media infancia intercambiando dibujos de *Cardcaptor Sakura, Inu Yasha* y *Sailor Moon,* aunque conforme fue creciendo a ella todo eso le dejó de interesar.

Fue una de esas niñas, Sandra, que quieren dejar de serlo cuanto antes. Su carácter, de hecho, parecía verse arrastrado por la urgencia de un cuerpo que adelantaba a todos los demás, hasta tal punto que para el resto de las chicas resultaba difícil no medirse con ella. Ya antes de terminar la primaria solía estar rodeada de chavales, casi siempre mayores, lo cual inquietaba a sus padres, que llegaron incluso a confrontarse con un profesor. A tu amiga aquella popularidad le resultaba un incordio, pues además de a quitarse a los pesados de encima la obligaba a lidiar con cierto grupo de muchachas que no la podían ni ver, y con las que en una ocasión –tú lo recuerdas– os metisteis en una pelea porque, en el descanso que siguió a un examen, una de ellas comentó en voz alta que el tanga de Sandra iba a aprobar seguro.

Tú la adorabas y la seguías allá por donde fuese, pues de alguna manera la ligabas a una infancia a la que, a diferencia de ella, te tendías a apegar.

En ese sentido, siempre me pareció que hacíais una buena pareja. Si la amistad hubiese sido un árbol, tú hubieras sido una raíz –firmemente asentada en la tierra, paciente– y ella una rama verde que creciera deprisa en busca de la luz del sol, de esas que algunas veces lo hacen con tanta fuerza que terminan por partirse y desgajarse del tronco.

Cuando la rama excesiva de Sandra por fin se rompió, fui yo quien estuvo ahí: el hijo del profesor, el raro, el friki, con sus ideas de niño agigantado flotándole alrededor de la cabeza como un tonto desfile de cacharros y monstruos; pero a ti nada de eso pareció importarte.

A Cris, por el contrario, le extrañó:

Te has buscado a una rana, Pececito.
¡Con lo cañón que estás!

Ella seguía llamándote a pesar de todo.

A veces iba a verte a casa y te animaba a salir a bailar. La sordidez del polígono era hermosa con ella. Conocía a los camellos y los sitios en los que os dejaban entrar sin enseñar el DNI, y cuando os aburríais siempre sabía de un plan que alguien había montado en alguna otra parte y os salvaba la noche.

En otras ocasiones, cuando sabía que Sandra no estaba en el Zulo, te avisaba para que fueras con ella o quedaba contigo en alguno de los rincones que solía frecuentar del olivar, que en primavera y verano era siempre agradable a partir de las últimas horas del día.

Con el paso de los meses, y a medida que Cris te los fue descubriendo, también tú me llevaste a esos mismos lugares. Fueron muchas las noches que pasaste charlando con ella o conmigo en algunos de ellos, sentados en la piedra que cubría la boca del antiguo pozo, cerca de Caño Ronco y la casa de Cris, o paseando junto a los trigales que lindaban con la última hilera de olivos y se extendían en llano, en dirección noroeste, hasta el largo camino que llevaba a las fincas.

Últimamente pienso mucho en una de esas noches, ¿sabes?

Fue a finales de invierno: estábamos los tres juntos, y debía de hacer poco que habías empezado a estudiar el idioma, porque sin que viniera demasiado a cuento Cris te pidió que nos dijeras algo en japonés.

Era muy tarde y el relente y el viento nos entumecían las manos. Yo te abrazaba por la espalda para darte calor, y mientras tanto ella fumaba a un par de metros de nosotros. Entonces, con una voz extrañamente decidida, aunque muy baja, procurando alcanzar las palabras a través del pudor, tú pronunciaste una frase que ni Cris ni yo entendimos:

Anata ga suki desu.

Recuerdo el firmamento anaranjado por la luz de la ciudad, el fuerte olor del hachís arrastrado por aquella última brisa del invierno, el apremiante rojo de las amapolas floreciendo entre ortigas.

¿Y eso qué significa?,

preguntó Cris.

Significa que os quiero. A los dos.

…

Amor, escúchame:

quiero volver a enamorarme de tu cuerpo inmaduro.

Quiero sentir celos de Cris cuando te besa.

Quiero fumar del porro porque tú lo haces.

Quiero esperarte en la puerta del Zulo porque a mí no me dejan entrar.

Quiero hablarte en presente y que imagines que la cara del mundo todavía no es esta, que tu muerte está aún por decidir: que en la forma futura de la vida

aún cabe tanto.

Segunda parte

Cris

CONVERSACIÓN DEL VIERNES
17 DE AGOSTO DE 2028

Quizás no tiene historia la alegría
Luis Rosales

Si quieres que te diga la verdad,
te tuve envidia.

…

Tuviste al Pececito para ti,
y no digo que ahora, por ejemplo,
no te lo hubieses merecido,
pero en aquel momento no
lo merecías.

…

No me hagas la pelota, Juan.
Yo era una niña entonces;
quizás menos que tú,
que más que un niño
eras un corazón con patas,
pero una niña idiota. Como todas.

…

¿Quieres un piti?

…

Le he dado muchas vueltas;
muchísimas. Y mira
que con el tiempo una se cura
de espanto…, pero
qué rabia da. Después de tantas
cosas, cuando por fin estaba donde
había querido, viene un cáncer
de mierda y al carajo los planes.
Al carajo las ganas,
la ilusión… Y un lunar
en el cuello, ya ves, casi en la nuca;
lo bastante escondido como para
que no se lo viese al mirarse
al espejo.

…

No sé,
me duele mucho imaginar
cómo se sentiría cuando
se enteró, siendo además tan
tarde. ¿Nadie se lo había visto?

Un compañero de trabajo,
un ligue…

…

            Damos
bastante asco, la verdad;
sobre todo los hombres.
Qué costará,
cuando te acabas de acostar con alguien,
preguntar si esa mancha se la ha visto
un médico,
                    o si se encuentra bien…
Joder, no es tan difícil.

…

Perdóname.
Es mucha mierda, Juan.
Han pasado ya años,
y aun así me emociona recordar
cómo murió.
Y con qué ganas de vivir… Qué fuerza.
Es una de esas cosas
que te enseña el tiempo, ¿no crees?
Nadie quiere morirse, nunca,
nada quiere: ves un olivo
arrancado de cuajo, como tantos

de los que han arrancado
por aquí, y se te parte el alma.
Únicamente hay que saber mirar
para ver en los huecos de los troncos
a los pollos de los mochuelos
muertos de hambre, a los caracoles secos,
a los conejos comiditos de mixomatosis
que cuando ya no pueden más se echan
llenos de miedo
en cualquier lado…
A esperar.

…

Sí, a mí también me impresionaba:
parecía que aceptase todo aquello,
aunque bastaba ver
cómo se iluminaba si venían visitas
para hacerse una idea
de lo que debía de sentir en realidad.
Tú te dejabas caer
de tanto en tanto, sí –de los que más–,
pero quien se quedaba
aquí, a su lado,
casi siempre era yo,
y para mí era fácil ver
que, en cuanto tú u otro colega
se marchaba, se le venía encima

un chaparrón de soledad.
Una lluvia de angustia.

…

No. De eso hablábamos
poco. Solía
llevarse la pena hacia adentro,
aun sin tener por qué;
sin pedir nada a nadie. Y la verdad
es que yo procuraba
no decir nada triste…, puede
que suene estúpido,
pero así era.

…

                    Además, algunos
días nos lo pasábamos muy bien.
Siempre había sido una persona alegre,
y es curioso, porque lo era
a pesar de esa timidez… No,
de esa reserva suya, ¿sabes?
Bastaba con estar
al lado para contagiarse
de una calma feliz,
de ese estar en silencio
que parecía asumir con gracia

hasta las cosas graves.
Luego estaba la risa…

…

Sí.

…

Sí, sí:
sí estuve.
Aquel día
habíamos ido a echar la tarde
a la casa de Sandra.
(Fue poco antes de que pasara
lo del Canche, ya ves.)
Estábamos en la piscina.
Sandra estaba enfadada porque
se había burlado de ella
una chavala de vuestro instituto;
por lo de sus hermanos, ¿lo recuerdas?
Decían que los padres eran primos
y que por eso ellos habían
salido así.
En fin,
la cuestión es que ella
era incapaz
de ignorar esas cosas;

se la llevaban los demonios,
tanto que aquella tarde
se pasó una hora y pico
insultando a la otra,
que era en verdad
una muchacha inaguantable, sí,
una engreída hija de médicos
que además de decir lo de los primos
se dedicaba
a meterse con su familia
porque vivían del campo
y tenían animales. (Les decía
«Los Catetos», ¿lo recuerdas?).
Y el caso era que aquella tarde
estaba pesadísima,
pero ninguno de nosotros terminaba
de entender por qué. Solo sabíamos
que la chica había escrito
algo en su Facebook,
pero es que Sandra estaba tan sensible
que nos había prohibido
mirar lo que era y, cuando Pau lo intentó,
le quitó el móvil y le dijo
que se lo iba a tirar a la piscina
si se le ocurría intentarlo
una vez más.

…

Total, que en una de estas ella se fue al baño
y, ya completamente hartos,
lo acabamos mirando con el móvil
de Miguel…

…

Te juro
que no me he reído tanto
en los días de mi vida, Juan.

…

¡Era divertidísimo!

…

La chica había copiado
una de esas taxonomías
de los libros de Ciencias Naturales
y le había puesto un título tremendo,
«La evolución de los Catetirrojos» o algo así,
y después, y con toda
la inquina y la maldad del mundo,
había listado miembro
a miembro a la familia

de Sandra,
poniéndole
a cada uno
una especie de nombre
peor que el anterior…
Digo un nombre científico,
¿sabes?, como los de los bichos
en los libros de texto,
pero con esa gracia
afilada y tan cruda que se gastan
los adolescentes.

…

Pues Miguel, para colmo,
los comenzó a leer uno por uno
en voz alta,
y aunque al principio pudo aguantarse la risa
se fue poniendo cada vez más colorado
hasta que…

…

Sí...
Había que verle
la cara mientras iba
leyéndolos,
porque conforme

leía, más y más difícil
se le hacía seguir,
y por supuesto más nos íbamos
contagiando nosotros
hasta que, por fin, llegó al nombre
científico de Sandra
y…

…

No te puedes creer
cómo estallamos todos de la risa, Juan.

…

Era con diferencia el más gracioso.

…

Sandra era nuestra amiga, claro,
pero ver a Miguel leyendo aquello,
rojo como un tomate y con la cara
hecha un poema, y que no nos riéramos
era mucho pedir.
Cuando vimos que Sandra regresaba
intentamos calmarnos, pero…

…

Exactamente:
era incapaz
de parar de reírse... ¡Le había dado
un ataque de risa!

…

Sandra no entendía nada, obvio,
pero de alguna forma
ataría cabos porque
al final se enfadó,
y se puso a increparnos
y a llamarnos de todo, pero…, ay,
es que era todavía más gracioso
verla rabiar al lado
de aquel saco de risa, de aquel chorro
que nos obligó a todos
a volver a reírnos, hasta
que Sandra misma no pudo aguantarse
y empezó a sonreírse mientras nos reñía,
y después a reírse abiertamente,
a pierna suelta
hasta echarse a llorar…
Como si todo aquello
la hubiese
limpiado
y la rabia saliera

por fin
con las lágrimas.

…

¿Sabes?
Me parece que somos
demasiado solemnes
al llorar a los muertos:
les imponemos un espacio grave
en la memoria;
uno en que quizás ellos no querrían
estar… Quiero decir que, a veces,
vamos volviendo serios los recuerdos,
enfriándolos,
como si pretendiéramos
hacer de ellos objetos que guardar
y contemplar más tarde,
una vez apagados, romos, fríos,
cuando ya no nos puedan hacer daño,
cuando ya no se muevan,
y no somos conscientes, Juan,
o por lo menos no lo somos casi nunca,
de que estamos matando
a las personas
otra vez.

Tercera parte

Un gran segundo

XI

LA MUERTE

Nada nos quedará, pero esa nada
tendrá la imprecisión de lo que avanza y vive
Francisca Aguirre

El mensaje de tu madre me llegó el 3 de enero.

Era sábado, de esos días gélidos en los que aquí, en Madrid, amanecen los coches cubiertos de escarcha.

Al parecer los días anteriores te habías sentido mal, pero no habías querido decir nada. (Cuando hablamos, el martes, te habías limitado a contarme que echabas de menos el sol). Tampoco tu madre daba ningún detalle. Solo una nota reenviada en que decía que habías muerto la tarde del viernes y que te habían llevado al tanatorio.

Recuerdo leer el mensaje en la cama, aún muy temprano, y la tristeza de pensar que te hubieras marchado un día tan gris. Después, el ritmo doloroso de la resignación: la pena sorda y las explicaciones, los billetes, la ducha, el teléfono, el metro y la estación de Atocha, el AVE con su empeño de partir los campos en paisajes estériles, humanamente ordenados, y, por fin, el aire invernal de Sevilla sin azahares ni palmas, apenas un vacío ligero que tendría que respirar mientras llegaba el taxi a recogerme a la estación.

«Te hubieras merecido al menos otra luz», me dije cuando le daba el pésame a tu madre, ya en el tanatorio. «Al menos otro atisbo de verdor, de ternura. Algo que permitiese alimentar la idea de un nuevo nacimiento, o quizás la de una dispersión más suave en la materia de las cosas, imaginar que también la consciencia, al igual que sucede con los huesos y la carne, se desgaja en porciones diminutas y capaces de nutrir».

Aquella fantasía agridulce, sin embargo, se la llevó de un golpe la visión de tu cuerpo detrás del cristal.

De tu quietud pavorosa. Irreversible.

*

Aquella noche dormí en casa de mis padres. Vino también Enrique y, cuando acabamos de cenar, le propuse que fuésemos a tomar algo.

Terminamos comprando cerveza y yendo al olivar. Era una noche fría y los caballos que suelen pastar al raso estaban dentro de los cobertizos. Mi hermano caminaba delante de mí. Recuerdo su espalda oscura y el sonido de sus pasos cuidadosos y ligeros sobre la vegetación mojada.

Enrique es una de las pocas personas con las que puedo guardar el silencio que guardábamos tú y yo, ese que es solo posible entre quienes tienen la completa certeza de la honestidad del otro. Es una clase de silencio, me parece, que lo prepara todo para el habla, y fue tal vez por eso, porque él estaba manteniendo aquel silencio para mí, que en cuanto llegamos al pozo rompí a hablar de la manera en que lo hice.

Le hablé a Enrique de ti y de tu trabajo en Yokohama, de los viajes que habías hecho por Japón, de ciudad en ciudad, visitando los templos convertidos en museos, los santuarios dormidos entre las torres inmensas, los balnearios escondidos a los que apenas se podía llegar sin hablar japonés; pero también de aquellas barriadas oscuras a las que no llegaban los turistas, y en cuyos bares los clientes te observaban con impúdica curiosidad. Le hablé a Enrique de nuestros años juntos en Madrid –ese rectángulo de agua, ese imposible–, los del reencuentro afortunado en plena juventud, los de las grandes fiestas, los deseos más hirientes y el cariño más hondo. Le hablé de cómo nos habíamos conocido y de aquella relación nuestra que, realmente, no fue sino el primer estadio de una inmensa amistad, más compleja y hermosa de lo que de cualquier otra manera podría haber llegado a serlo un simple amor.

Era ya de madrugada y la luz de la luna, que estaba llena, daba a la niebla espesa un color que oscilaba entre el azul y el blanco. No quedaba cerveza y hacía rato que habíamos empezado a reírnos de anécdotas viejas, a hablar de nuestros padres, de los muchos amigos que tenemos en común... Le di a Enrique las gracias y nos fuimos a casa de nuevo en silencio, ateridos de frío pero, por lo menos, ya no tan desbordados de tristeza.

Aquel año mi hermano cumpliría los treinta y yo los treinta y cinco. De no haber sido por el cáncer, que se te había llevado en poco más de diez meses, tú habrías cumplido treinta y tres. Creo que fue pensando en esto cuando se me ocurrió la idea de escribirte o, mejor dicho, de escribir tu fantasma. (Este fantasma tuyo que es tan mío también).

Al fin y al cabo Cris tiene razón, ¿no te parece? La tristeza está aquí, ya tiene cuerpo, y las palabras merecen alimentar otras cosas.

[NOTA]

Nunca he vuelto a escribir como cuando escribía estos poemas.

Ejercían sobre mí una clase muy concreta de atracción, suave en tanto que no se imponía con violencia, sino más bien como una especie de marea que me anegaba el ánimo y, sin que me diese cuenta, lo colmaba hasta que no me era posible concentrarme en nada más.

Incluso ahora me parece que la mente hubiera guiado al cuerpo a la escritura de la misma manera en que lo guía al alimento o al amor, y que el cuerpo, a su vez, le hubiera correspondido reaccionando como si los recibiese. Los poemas, sin embargo, no nacían acabados. Ni siquiera demasiado definidos. Había que volver a ellos una y otra vez, trabajar con paciencia esperando a la forma y, con la forma, un sentido final.

En cualquier caso, para mí ni el esfuerzo ni el tiempo importaban. Era como si al escribir el mundo entero se plegase en torno al texto y, desde aquel preciso instante, todo lo recordado volviese a existir.

XII

LA ESPERANZA

el deseo del placer, el deseo de vivir,
no solamente el deseo de aguantar
Hilda Doolittle

Los meses que siguieron a tu muerte trajeron consigo una riada de preguntas, tantas que aquel primer impulso de escribirte, tan bruscamente nacido de la constatación de tu pérdida, se vio asfixiado y desapareció.

Para mí –al igual que para Ana Rocío, con quien tanto intimaste mientras viviste en Madrid–, tu muerte había sido el último de una serie de acontecimientos que te habían alejado de nosotros. Primero fue el cansancio de esta inmensa ciudad, que se fue acumulando poco a poco en todas partes y, con el paso del tiempo, alumbró en tu interior el deseo de una fuga. Luego llegó la noticia de que te irías a Japón, y después el periplo administrativo entre Madrid y Sevilla, que apenas te dejó margen para atender nada que no tuviese que ver con las obligaciones relativas al viaje y al trabajo nuevo. Al fin, a mediados de un mes de febrero inusualmente cálido, te fuiste, y tras ello estuvimos más de dos años sin vernos.

Te reconozco que al principio se me hizo muy extraño separarme de ti; no porque no hubiera intuido lo muchísimo que te iba a echar en falta, sino porque no había imaginado hasta qué punto, junto con tu presencia, tendría la sensación de haber perdido el acceso a la capa más íntima de esta ciudad. Para mí tú representabas una especie de cordón hacia el pasado, y como tal me mantenías unido a ciertas partes de mí mismo que no solo iban quedando cada vez más lejanas, sino que se iban viendo erosionadas por el paso del tiempo. En Madrid, además, habíamos construido nuestras vidas con la seguridad de que, si alguno de los dos necesitaba apoyo, el otro siempre estaría ahí, así que aquella pesadumbre era hasta cierto punto natural, y también previsible, o por lo menos lo habría sido si yo no me hubiese negado a aceptar tu partida hasta que no se materializó.

Ahora que ya ha pasado tanto tiempo me doy cuenta de que entonces no te dije todas estas cosas porque siempre que hablamos parecías irradiar felicidad. Eran los primeros meses de tu estancia en Yokohama, y, por ingenuo que suene, me parecía egoísta ensombrecerte lo más mínimo. Por otro lado, nosotros habíamos sido quienes más te habíamos animado a probar suerte fuera del país, pues saltaba a la vista que iba a ser muy difícil que encontraras un momento mejor para hacerlo, con la defensa de la tesis tan reciente y tantas ganas de cambiar de piel.

Pienso en ti en esos años y me cuesta entender cómo pudiste con todo, ¿sabes? Habías logrado terminar el doctorado a base de puro esfuerzo, trabajando en el Museo de lunes a viernes y estudiando por las tardes y los fines de semana, siempre intentando sacar fuerzas de flaqueza para dar un poco más. Con aquella situación no te quedaba otro remedio que tratar de aprovechar cualquier resquicio por las noches para ver a los amigos, divertirte, ir de fiesta y, en realidad, para vivir, así que solías dormir poco e ibas a todas partes con aquellas ojeras que se habían convertido en otro rasgo de tu cara.

Siempre pensé que había algo hermoso en esa manera tan tuya de aguantar, ¿sabes?, tan impregnada de deseo que las meras ideas del tiempo y su transcurso te habrían abrumado de no ser por una extraña fe en el porvenir, una esperanza humilde y ciertamente luminosa en que el trabajo te conduciría hasta un lugar de paz, de hambre prudente. Cuando te comunicaron que te habían seleccionado para el puesto en Yokohama, llevabas casi siete años viviendo en Madrid, por lo que el sueño de toda una vida de pasar allí un tiempo te pareció una puerta hacia la libertad.

La tarde en que nos lo contaste habías reunido a tus amigos en La Copla. Estaba Ignacio, estaba Fredi, estaba Pau, estaba Leonor; estaban Jose y Marie… Incluso habían venido Mónica y Alejandro, que habían llegado de Mallorca la noche anterior.

Te recuerdo anunciándolo en el centro del grupo, con la cara encendida, dándote quizás cuenta de que en ese instante eras feliz, y también de que lo habías sido antes muchas otras veces, pero se te olvidaba. Como se nos olvida que guardamos cierta ropa en el armario y, cuando nos la encontramos casualmente años después, nos damos cuenta de que perteneció a alguien que hace tiempo que no somos. Alguien que, sin embargo, seguimos llamando *yo*.

Con respecto a nosotros, en fin, lo cierto es que tuvimos suerte de que te gustaran tanto las redes sociales.

Era sencillo seguirte la pista por medio de ellas, sobre todo por Instagram y Twitter, y lo cierto es que hacerlo era muy divertido, e incluso te diría que nos permitió aprender algunas cosas sobre ti. (Esos que dicen que en las redes solo somos personajes se equivocan, ¿no crees? Ven una máscara y corren a señalar al impostor, sin percatarse de que también ellos llevan puesta una que confunden con su propio rostro).

Me gustaba pasar el rato con Ana Rocío viendo tus fotografías o comentando los vídeos de alguno de tus viajes. Me emocionaba sentirte detrás de la cámara; imaginarte valorando alguna escena y decidiendo atesorarla para ti. De hecho, me gusta hacerlo todavía, aunque intento evitarlo cuando no me encuentro demasiado bien.

La corrosiva miel de la nostalgia,
ya lo sabes.

[NOTA]

Durante toda aquella época, me obsesionó la mera posibilidad de olvidar.

A menudo pasaba largas horas rememorando una tarde o una conversación, intentando, en la medida en que me era factible, distinguir en la bruma del recuerdo unas palabras o un gesto concretos. También busqué en la nube y en mis viejos discos duros emails y fotografías, descargué cuanto pude de las redes sociales, cribé mis diarios, localicé en la biblioteca aquellos libros que cambiamos o dejó en mi casa, confeccioné un archivo de dedicatorias, frases, marcas de lectura y papeles inútiles. En otras ocasiones, ya fuera porque alguien me lo recordara o por casualidad, recuperaba un momento o un dato olvidado y me lanzaba a anotarlo por miedo a perderlo otra vez. Así llegué a acumular centenares de apuntes y pequeñas raíces de poemas que quedaron repartidos entre mis notas del móvil, mis distintos cuadernos de escritura, un montón de folios sueltos, mis diarios y el ordenador.

En uno de los cuadernos de 2029, por ejemplo, fechado solo unos meses después de la conversación con Cris, figura el siguiente texto:

Pienso en ti en nuestro piso de Ciudad Lineal. Es medianoche, hay fiesta, y Enrique va de cuarto en cuarto con la cámara en ristre.

Tú y yo estamos sentados en el suelo del salón, hombro con hombro, con la espalda apoyada contra la pared.

Ana Rocío baila sola a un par de metros de nosotros.

«Es preciosa», me dices. Suena un *clic*.

Alguien se echa una copa en la cocina. Alguien se ríe de un chiste.

Yo me pregunto cómo puede desdoblarse así el amor.

Lo cierto es que ahora me sorprende que, como si hubiesen conformado una especie de fórmula o hechizo para activar la memoria, muchos de esos apuntes comenzasen con esas mismas palabras: «Pienso en ti».

XIII

LA SOLEDAD

No digas «sueños»;
diles, mejor, «fantasmas»
Fujiwara no Teika

En Yokohama, decidiste instalarte en el barrio de Ōguchi, en un pequeño apartamento cerca de la estación.

No se podía decir que aquella humilde barriada, que habría sido silenciosa de no ser por la presencia de las vías de tren, tuviera nada de especial, pero los alquileres eran asequibles, y estaba bien conectada tanto con tu trabajo, en el distrito de Naka, como con el centro de Tokio, al que podías llegar en menos de una hora.

En realidad, la llamada Área Metropolitana del Gran Tokio comprende una conurbación que se extiende a lo largo de la llanura de Kanto y se concentra alrededor de una bahía, con las ciudades de Yokosuka al sur, Yokohama y Kawasaki al oeste, la metrópolis de Tokio al nornoroeste y la ciudad de Chiba en la margen nororiental, además de numerosas localidades al este y, hacia las partes occidental y central de la llanura, Sagamihara y Saitama entre otras poblaciones de menor tamaño. Se trata, ciertamente, de una red tan extensa que resulta difícil de imaginar, y que para ti no adquirió su verdadera dimensión hasta que, un par de meses después de llegar al país, subiste por primera vez al mirador del Tokyo Sky-Tree, la gigantesca antena de telecomunicaciones que había sustituido en 2010 a la torre de Tokio como la construcción más alta de todo Japón.

Aquel domingo habías planeado ver la puesta de sol desde la torre, pero te entretuviste mucho paseando por los alrededores de Asakusa. Cuando por fin llegaste al mirador, a trescientos cincuenta metros sobre el nivel del mar, te encontraste la noche desplegada sobre el firmamento, y, desde la misma línea del horizonte hasta ti, luminosa y serena, pero también nudosa e insensible, la impresionante urbe sin principio ni final, similar al micelio de un hongo que se hubiese extendido hasta cubrir la llanura. La visión de aquel monstruo –lo recuerdo porque nos lo contaste en una de las primeras videollamadas que hicimos– te dejó sin palabras: todo lo humano, lo supiste, estaba entre esas avenidas que habitaban treinta y siete millones de personas, y entre las que tú eras tan solo una más.

Te he imaginado muchas veces recorriendo esas calles, disfrutando sin prisa de un anonimato que le iba como un guante al privilegio extranjero de la observación, y también alejándote de ellas hasta Kioto, Hiroshima, Sapporo o Nara para regresar después, como si tu universo se expandiera y contrajese en torno a aquel nudo lumínico. En Japón, además, tu situación era totalmente distinta de la de Madrid: ganabas un salario decente y tenías libres las noches y los fines de semana para explorar la ciudad, así que te propusiste disfrutarla hasta su último pliegue.

Con respecto a las personas, por el contrario, tu fortuna cambió. Las relaciones con tus compañeros no eran malas, pero apenas si conducían a un par de cervezas en los bares que había en las inmediaciones del trabajo o, cuando más, a una de esas incómodas fiestas de empresa en las que los japoneses beben hasta que no son capaces de tenerse en pie; y lo cierto es que, habiendo llegado hacía tan poco tiempo, tampoco es que dispusieses de muchos otros espacios en los que fuera sencillo conocer gente nueva.

Durante los primeros meses, sin embargo, aquella soledad tan desacostumbrada no te molestó. Disfrutabas del tiempo y los largos paseos, y también de sentarte a solas en los bares, donde no era del todo infrecuente que una mirada curiosa permitiese empezar una conversación. Por lo demás, preferías evitar los lugares de moda entre los extranjeros, pues rara vez te permitían practicar japonés, y si algo tenías claro incluso antes de marcharte es que no habías viajado hasta el confín del mundo para hacer las mismas cosas que en España.

Para ti, lo mejor de vivir en Ōguchi era, de hecho, que te dejaba sumergirte en la vida diaria de los japoneses.

Te encantaban su ajetreo popular y la miríada de casitas de dos pisos que sobrevivía apiñada entre los edificios altos y de planta estrecha, y también su animada galería comercial, que recorría la mitad sur del barrio y terminaba enfrente de las vías del tren, junto al templo de Sōji, a cuyo cementerio rodeado de viviendas te gustaba ir en invierno para ver, por las ventanas siempre iluminadas a las últimas horas de la tarde, tras un bosque de lápidas, a los vecinos besándose o cociendo el arroz.

Con el paso del tiempo, a tu pesar, la falta de compañía comenzó a desagradarte. Me lo contaste por WhatsApp una tarde lluviosa del primer verano que pasaste allí. Echabas de menos las cosas del cuerpo –la piel ajena, el sexo, salir a bailar…–, y con ellas los juegos delicados y orgullosos de la seducción. Fue entonces cuando debieron de empezar tus salidas nocturnas por las discotecas del Ni-chōme y los bares del Golden Gai, o incluso dentro de los mismos límites de Yokohama, en cuyos parques y cafés aprendiste a moverte sin demasiados esfuerzos.

¿Sabes?, es curioso pensar que, con los años, aquella inteligencia introspectiva que durante tu infancia había confundido a tus padres se hubiera vuelto de manera tan rotunda al exterior. Te divertían los intercambios de miradas con los que se inaugura el juego erótico, esa fruición apresurada del deseo, tan comúnmente delatada por un mínimo desliz. Lo que venía después te resultaba fácil: apenas un dejar al cuerpo resbalar hacia sus apetencias, un seguir observando el recorrido de los ojos y las manos, de la cadera y su cadencia suave y asentada en la respiración, como un oscuro y fabuloso movimiento de la tierra.

En Instagram solías dejar constancia de esas aventuras, aunque las restringías a mejores amigos. Algunas veces no eran más que fotos de calles desiertas o arboledas sombrías; otras, vídeos de fiestas en garitos del centro, o la cama deshecha de algún *love-hotel.* Trozos de intimidad que, incluso así, desgajados, nos servían a unos pocos para sentirte más cerca.

Te reconozco, no obstante, que yo era incapaz de verlos sin preguntarme qué era lo que aquellas escapadas suponían para ti: si eran, tal como parecían, meros juegos del cuerpo y del orgullo o si, por el contrario, buscabas a alguien.

Y es que en ese sentido éramos diferentes, ¿no lo crees?

Al poco de acabar lo nuestro, yo encontré a Ana Rocío y, con ella, esta idea del amor que crece en busca de su forma, como el cuerpo de un niño.

En cambio tú te negaste a ceder, o por lo menos eso era lo que yo pensaba entonces.

Ahora, claro, me doy cuenta de que lo más probable es que las cosas fueran mucho más sencillas: nadie espera morirse con treinta y dos años, y por supuesto tú no fuiste una excepción.

XIV

EL FUTURO, OTRA VEZ

en ese país las estaciones no existen
Marguerite Duras

Lento relámpago, raíz,
memoria clara,

¿hacia dónde creciste
en realidad?

Desde el centro del círculo
te elevaste hacia el cielo

y te hundiste en el sol.

XV

EL MIEDO

Allí domina el árbol del espanto
Joan Vinyoli

No es posible medir la extensión de una ausencia. Entra en el cuerpo como un rayo y atraviesa la memoria a la busca del corazón. Después lo alcanza y, dura, le abre un cráter, pero la de ese cráter no es ni mucho menos su extensión real. Antes de abrirlo ha ido tocándolo todo a su paso, iluminándolo, lacerándolo todo con su rabo de luz, obligando a las cosas a mirarse entre ellas.

Piensa en la muerte de Emilio, por ejemplo, la primera de las ausencias que tú conociste. Durante meses, su madre fue incapaz de oír su nombre sin tener un ataque de ansiedad; las primeras semanas ni siquiera podía salir a la calle, así que fue su padre quien –pesado, tosco– fue contando en los bares que aquel pueblo de mierda había logrado que su hijo reventara.

Sandra, por el contrario, evitaba a toda costa mencionar el suicidio de su hermano mayor. (Supiste por el resto de los chicos que se pasaba las tardes metida en el Zulo y que, en cuanto tenía cinco euros, se los gastaba en hachís). Por su parte, Daniel siguió asistiendo a las clases del instituto, incluso aunque al principio se extendiera en torno a él un silencio terrible. Iba de clase en clase con la vista clavada en el suelo, sonriendo tímida y nerviosamente, como si procurase adelantarse a una pregunta que nadie le formulaba y que le daba miedo responder. Tampoco era difícil encontrárselo vagando por la calle, ensimismado o, quién sabe, prestándole atención a algún detalle que únicamente él era capaz de apreciar.

Fue así como te lo encontraste tú un domingo por la tarde –¿lo recuerdas?– en la parte más alta de tu calle, la que da al olivar. Ibas a echar con Cris unas cervezas y lo viste acuclillado al borde de la acera, junto a la esquina de la última casa, observando una especie de grieta en el suelo. Entonces, en un gesto automático, te hiciste aquella pregunta que solías formularte siempre que te encontrabas por separado con alguno de los dos, solo que aquella vez, cuando llegó a tu mente, era ya un amasijo de amargura y vergüenza: «¿Es Emilio o Daniel?».

Una hilera dorada de procesionarias descendía la calle. Te diste cuenta de que no era sino eso lo que él observaba con tanta atención.

Daniel,

dijiste,

¿cómo estás?,

pero él siguió observándolas sin contestarte durante unos momentos y, por fin, levantó la cabeza y te miró con sus ojos oscuros, limpios, rectos, del color de la miel parda, y después sonrió. Y entonces tú te percataste de que en realidad no se parecían nada, de que nunca se habían parecido lo más mínimo, a pesar de lo cual, para toda su vida, él tendría que llevar el horrendo fantasma de un suicidio encima de su propia imagen.

Discúlpame,

te dijo.

Estoy muy bien. ¿Cómo estás tú?

…

Estaba viendo las orugas.
Este mes hay muchísimas, ¿las ves?
Salen porque ha dejado de hacer frío.

No se te ocurría nada que decirle. Súbitamente, Daniel te pareció venido de algún otro lugar, como si el príncipe de un mundo extraño hubiera decidido explorar este y se encontrase quieto delante de ti, insistiendo con una sonrisa en que mirases la hilera de insectos. Después de todo, no os habíais visto desde el entierro de su hermano, al que fuiste a pesar de que Sandra te escribió para que no lo hicieras; pero qué diferente lo encontraste entonces, ¿verdad?, de pie, junto con su familia al acabar la ceremonia, entre Sandra y sus padres, con la expresión cansada y el gesto mecánico de quien hace ya días que no puede dormir.

Adiós, Daniel,

dijiste, y después te marchaste, incapaz de añadir nada más. La magnitud de aquella herida te hundía el ánimo. Te secaba el aliento. Te machacaba, aún dulces, las palabras.

Era por vez primera la misma desolación llena de angustia y desconcierto que volviste a sentir años más tarde, cuando tu padre murió y el mundo entero amenazó con deshacerse, y también cuando aquella gata negra que adoptaste en Madrid, tan asustada, con apenas tres años, agonizó aferrándose al latido de tu corazón.

Era la pesadumbre sorda que se siente ante la muerte de lo que se ama, una huella que cubre todo el cuerpo, interior y exterior, y que no puede más que ir asumiéndose, ignorándose; la pesadumbre exacta que yo mismo conocí por ti después.

Y, ¿sabes?

Me pregunto si es eso lo que también se siente ante la propia muerte o si, quizás, la luz del miedo lo ennegrece todo. Hasta el dolor.

Me pregunto en concreto qué es lo que tú sentiste. Si ese silencio tuyo, esa serenidad, era, después de tanto, una derrota

o una última victoria, honesta y breve

como tu propia vida lo había sido.

XVI

LO FRÁGIL

blando como la tierra es el género humano
W. H. Auden

La historia de tu enfermedad siempre me ha resultado de una contundencia hiriente.

A mediados del invierno de 2025, los síntomas del cáncer que acabaría matándote aparecieron de golpe. La primera señal fue un extraño cansancio del que no te reponía dormir. Después, intermitentemente, apareció un intenso dolor de cabeza que ascendía hasta las sienes desde la base del cráneo, y que quizás hubieras soportado un tiempo más de no ser porque, un día, regresando del trabajo, se presentó con tanta fuerza que perdiste el equilibrio en las escaleras mecánicas de la estación de Kannai.

Hasta entonces, lo cierto es que habías tenido muy pocos problemas de salud, hasta tal punto que en los más de dos años que llevabas viviendo en Japón no habías pasado por el médico salvo para las revisiones anuales que te exigían en la empresa, y en cuyas analíticas, por lo que tú supiste, nunca se había reflejado nada inusual.

En aquella ocasión, sin embargo, te llamaron del hospital al poco de hacerte las pruebas y te citaron de urgencia a la mañana siguiente.

En la consulta, tu doctora, una mujer afable y de expresión tranquila, te recibió con amabilidad y te invitó a tomar asiento antes de preguntarte si entendías el japonés. Tan pronto como le respondiste, pronunciando despacio y con cuidado las palabras, te explicó lo que indicaban los análisis.

…

Es necesario darse prisa,

concluyó.

A partir de ese momento, las cosas se sucedieron a toda velocidad. Te hicieron pruebas específicas y los resultados fueron igualmente claros: el hecho de que fueras joven, sumado a la desafortunada localización del lunar –justo en la extremadura izquierda de la nuca, ya por debajo de la línea del cabello–, había facilitado que el melanoma arraigase silenciosamente y se extendiese hasta zonas en las que no era posible luchar contra él.

Ignoro lo que ocurrió en las semanas que siguieron a ese primer diagnóstico. Nunca intenté preguntarte por ellas. En parte porque intuía que se trataba de un pliegue demasiado profundo de tu intimidad, pero también porque en algunas ocasiones lo más justo, o quizás lo más noble, es no saber.

Durante aquellos días, Ana Rocío y yo, que estábamos al tanto del incidente en el metro, intentamos contactar contigo sin que nos respondieses. Tampoco habías subido nada a las redes sociales, así que pronto estuvimos preocupados por ti. Ya estábamos pensando en escribirle a tu madre cuando, una noche amarilla de mediados de marzo, vi tu nombre brillando en la pantalla del teléfono.

Al otro lado de la línea apareció la suavidad acostumbrada de tu voz:

¿Estás en el pueblo, Juan?

…

¿Vendrías a verme?

Habías vuelto a Sevilla porque te estabas muriendo.

XVII

UN MUNDO EN LLAMAS

Cortesía de la muerte,
la vida
Pilar Pallarés

Fui a verte aquel mismo fin de semana. Quedamos en la casa de tu madre, en la que yo no entraba desde que cortamos, quince años atrás. Fue ella quien me abrió cuando llamé a la puerta y me invitó a esperarte en el recibidor, aunque apenas había tenido tiempo para saludarla cuando subió a buscarte escaleras arriba.

Al franquear el umbral, tuve la sensación por un momento de que todo estaba igual que entonces; sin embargo, enseguida me di cuenta de que no era así. En general, los muebles seguían siendo los mismos, pero los elementos de la decoración, que antiguamente se había conformado a partir de postales y pequeños suvenires de las vacaciones en familia, habían sido sustituidos por una docena y media de fotografías enmarcadas en distintos formatos.

Recuerdo que me llamó la atención una que no recordaba haber visto y que estaba colgada al lado de las escaleras, en la pared del fondo del recibidor. En ella, tu padre y tú posabais ante una gran playa de arena brillante, con la piel bronceada por el sol del verano. Él te pasaba un brazo por encima del hombro y te estrechaba sonriendo contra el pecho, mientras que tú mirabas a la cámara con esa expresión tan tuya en la que los ojos castaños y serenos dominaban el semblante.

Calculé que en la foto tendrías unos quince años. Eso significaba que se debía de haber tomado poco antes de que empezáramos a salir juntos, seguramente el verano anterior. «¿Éramos de verdad tan niños?», me pregunté, y procuré buscar en la memoria alguna imagen de tu rostro en esa misma época, una en la que, quizás, tu belleza afilada se anunciase más rotundamente, pero no lo logré, pues el recuerdo de tu cara adulta se superponía a cuantos hubieron de ser tus otros rostros.

Entonces el sonido de tu voz, que descendía desde la planta de arriba, me devolvió de mi ensimismamiento. Te vi bajar las escaleras junto con tu madre, que se quedó parada a la mitad y las volvió a subir mientras yo te abrazaba en el recibidor. En cuanto a ti, resultaba evidente que no conservabas tu antigua salud, pero viniste a recibirme sonriendo con aquellos mismos ojos que había visto en la fotografía –más castaños, más hondos– y con aquel rostro nuevo que también era tuyo y me miraba iluminado por la luz de primavera.

Desde que me llamaste por teléfono, yo me encontraba hundido en un pozo de irrealidad. El impacto de la noticia había sido tan duro que apenas había logrado preguntar torpemente cómo te encontrabas y prometerte que iría a visitarte en cuanto consiguiese un billete de tren. Algo más tarde, en casa, avergonzado, te escribí para pedirte que me llamaras si necesitabas cualquier cosa o si querías hablar, pero tú me dijiste que preferías contármelo todo en persona.

No habían pasado ni tres días desde entonces. Aquella tarde fuimos a tomar una infusión. Caminamos charlando hasta una de las cafeterías del pueblo, sin decir una sola palabra acerca de tu enfermedad. Enorme, el cielo se extendía por encima de nosotros como si fuera la palma una mano celeste. Tú me hablabas saltando de unos temas a otros, y con tanta viveza que entendí rápidamente que preferías hacer de aquel primer encuentro una charla entre amigos en lugar de volver al dolor. Antes de darnos cuenta estuvimos hablando de tus viajes y fotografías, de Japón, de mis libros, de Cris, de Ana Rocío y de Enrique; y también de esas viejas historias que de tanto en tanto nos gustaba recordar, y que ya por entonces nos parecían fragmentos de una hermosa vidriera cuyo dibujo original no hubiéramos sabido componer.

Ahora que ya ha pasado tanto tiempo, ¿sabes?, no me avergüenza decirte que, como le había sucedido a tu madre cuando nos vio abrazarnos al pie de las escaleras, durante toda esa tarde tuve que hacer un esfuerzo para no echarme a llorar.

Aquella primavera, de hecho, me pareció odiosa. En Sevilla los campos daban chorros de flores; los árboles se llenaban de pájaros; en los caminos, el barro, rabiosamente cubierto de jacintos y anémonas, resplandecía irisado bajo el sol,

pero tú te morías

y no había nada que pudiera hacerse.

El bosque de tu futuro ardía hasta la última médula. En apenas unos meses, las calles de Yokohama habrían desaparecido para ti; ya no estarían tendidas a tu paso, ni el Gran Tokio brillante, con su océano humano, cuyo tiempo, inocente, fantaseaste a veces con parar. Ya nunca más bailarías en Madrid como lo hacías la noche en que nos reencontramos casualmente en la puerta del 33. (Estoy seguro de que lo recuerdas: yo había salido de la sala a tomar aire, sin saber ni siquiera que te hubieras mudado, y te vi allí, con la espalda apoyada contra el muro de la discoteca.

Un momento después, fuiste tú quien volvió la cabeza y se encontró conmigo, y no recuerdo ya quién empezó a reírse, pero sí que fue hermoso comprobar que aquellos años de distancia habían borrado nuestra antigua decepción). No. Ya no te aplastarían las becas ni el trabajo. Ya nunca más Sevilla te vería riendo en la Alameda de Hércules, ni estudiando en sus bibliotecas, ni besando en sus plazas a la sombra de un ficus. Ya no llorarías nunca porque Sandra no te habla. Ya no nos uniría el suicidio de Emilio. Ya no me enseñarías a hacer el amor.

Aquel horrendo incendio se extendía hasta el presente desde el porvenir, y desde allí al pasado y la memoria misma.

Te quemaba terrible, injustamente.

*

Era ya noche cerrada cuando volvimos a la casa de tu madre. Habíamos quedado en vernos la mañana siguiente, así que nos despedimos sin ninguna ceremonia, como cuando vivíamos los dos en el pueblo y, de mi casa a la tuya, no había más que una caminata entre naranjos encalados. Al día siguiente, sin embargo, me despertó un mensaje tuyo en el que me contabas que te habían desvelado las náuseas y no habías podido descansar, así que tuve que marcharme de Sevilla sin volver a verte.

De regreso, esa noche, ya en el tren, se apoderó de mí un abatimiento inmenso. Pensaba en ti charlando en la cafetería, calentando las manos contra la taza de té, y en la excesiva esbeltez de tu cuerpo al abrazarte para despedirnos en la puerta de tu casa; pero la imagen que más vivamente se me aparecía, incluso haciendo todo lo posible por sacarla de mi pensamiento, era la de la foto del recibidor: tu rostro en calma y rodeado por los brazos de tu padre, luminoso y liviano, como todas las huellas que nos deja la alegría.

Lo comprendí de golpe sentado en mi asiento: aquella imagen te mostraba en un instante en el que todo estaba en orden.

XVIII

LO ÍNTIMO

amada por su gracia
y más amada aún por su misterio
Percy Bysshe Shelley

Durante los siguientes meses procuré ir a visitarte siempre que tenía la oportunidad. A menudo lo hacía solo, aunque también fueron muchas las veces en las que me acompañó Ana Rocío o coincidí con antiguos amigos como Cris o Pau.

Al principio, casi siempre solía apetecerte salir a dar un paseo, ya fuera por el pueblo o por el centro de Sevilla. Con el paso del tiempo, sin embargo, y en la medida en que empeoraba tu salud, los paseos se fueron haciendo cada vez menos frecuentes, a pesar de lo cual, cuando los días no eran excesivamente malos, te seguía haciendo ilusión que te llevase al parque del Marqués.

Allí pasábamos el rato conversando o leyendo, y es curioso, porque nunca habías sido una persona melancólica, pero en aquella época, sobre todo al final, parecía complacerte sumergirte en los recuerdos. No era extraño, de hecho, que en ocasiones te explayaras al contarme una anécdota para después arrojarla a un silencio compacto, tan transparente que al quebrarlo uno temía que estallase como si fuese una pompa de cristal. Entonces yo te observaba esperando algún gesto, una señal cualquiera que indicara si era mejor hablar o dejarte a tus anchas en aquel mundo blanco que se abría en tu interior, y que, aunque a mí me aterrase, parecía recibirte como un mar en calma.

De entre las muchas charlas que tuvimos esos días, pienso a menudo en una –demasiado a menudo, tal vez. Era el primer domingo de tu último invierno, y yo te llevaba ya con la silla de ruedas. Esa noche, además, había sido espantosa, así que tú callabas y era yo el que, transitando despacio de una historia a otra, se dejaba llevar por el tiempo en común. El recuerdo, no obstante, me debió de arrastrar a los años de Sandra, pues me encontraba hablándote de ella cuando me interrumpiste para preguntarme si pensaba en Emilio alguna vez.

Yo vacilé un momento sin saber qué decirte. Me encontraba de pie detrás de ti, con el peso apoyado en las empuñaduras de la silla.

Sí,

te contesté, y, para mi sorpresa, sonreíste.

*

La última vez que vi a Sandra fue en tu entierro, hace ya años, aunque me pareció que ella no me reconocía.

Estaba hablando con Cris e iba con dos niños pequeños: una niña y un niño que, al igual que ella, tenían el pelo rojo y la piel salpicada de pecas oscuras. Calculo que tendrían entonces unos tres o cuatro años, así que ahora deben de tener nueve o diez. Imagino que irán tachando los días del 2031 en sus cuadernos, y que en algún momento habrán sabido que su tío Daniel también tuvo un hermano de su misma edad, cuando su madre era otra y en el mundo había otros nombres y otra luz.

(«No un mellizo», les dice su abuela. «No, un gemelo; aunque tampoco eran exactamente iguales»).

A Cris la sigo viendo cuando bajo a Sevilla. Seguro que te alegra saber que está bien y que, cuando quedamos, nos pasamos las noches hablando de ti, aunque ha surgido entre nosotros una nueva confianza que, de alguna forma, te trasciende.

Por lo que a mí respecta, ¿sabes?, no solo pienso habitualmente en ti, sino que lo hago en presente, como si todavía pudiera ponerte un mensaje y esperar a que me cuentes cómo estás.

Lo hago porque tú habrías querido que lo hiciera, pero también porque me niego a perderte del todo y porque, cuando lo hago, siento que te regreso un poco a mí.

Por ejemplo, ahora mismo te pienso al otro lado de la línea telefónica. Quizás leyendo un libro o viendo una película, o quizás caminando con Cris por el olivar.

Después cierro los ojos esperando encontrarte y apareces de pronto desde algún pliegue oculto en la memoria, con los rasgos borrosos pero la presencia intacta, como suele pasar cuando se piensa en quienes más se quiere.

Finalmente te tengo delante de mí.

En tu pequeña habitación del pueblo, sobre la colcha antigua y familiar, miras por la ventana las palmeras de siempre.

[NOTA]

«Lo que más me asombra en la memoria no es que vuelva a decir el pasado, es que alimente el presente»*, dice Paul Valéry.

* Valéry, Paul, *Cuadernos*, Galaxia Gutenberg, 2022, pág. 194.

Última parte

Una torsión en la estructura de la realidad

POEMA FINAL

habla el río un lenguaje
sin comienzo ni fin
María Negroni

Amor, dime: ¿fuiste feliz? Te lo pregunto aunque no tenga ya sentido hacer preguntas, aunque parezca que todo ha acabado.

Dime, amor:

¿fuiste feliz?, ¿tuviste tiempo
a pesar del dolor,
la tristeza,
la angustia?

No hay más que un gran segundo del Paleolítico a ti. Sobre la piel cansada de la tierra, bancos de nubes pasan como rostros serenos; en los inmensos bosques se agazapan las fieras; en las costas, las aguas, temerosas aún del invierno glacial, cubren las playas negras con tesón intranquilo, van batiendo las conchas, los corales, las rocas, igualando en la arena a lo vivo y lo inerte, devolviéndolo todo a una antigua humildad.

(Me pregunto quién miraría la arena al microscopio por primera vez; cuál sería su reacción al advertir la primera espiral entre escorias de piedra: ¿le latiría deprisa el corazón?). De San Vicente a Dezhneva las praderas florecen. El deshielo reanima los montes, los ríos, los cuerpos se mueven: todo lo enardece y alza la crueldad milagrosa de abril. Después mayo desciende con el pelo trenzado y abre tímidamente la puerta al calor, al verano abundante y dormido de Eurasia; y es aquí donde estábamos, ¿lo ves?, donde aquel ciervo rojo había tratado de escapar, sin conseguirlo, a la violencia de los cazadores. (Ya llevaban siguiéndolo más de dos horas. Eran hombres pequeños y experimentados, con las pieles cubiertas de retamas y estiércol para camuflar su olor. Cuando cazaban, tensaban despacio el arco y respiraban suavemente. Luego dejaban ir la flecha y contenían el aliento hasta que el animal al que apuntaban caía desplomado o echaba a correr, a veces herido ya, a veces incluso muerto sin saberlo, igual que ahora). Qué belleza rarísima hay en la depredación: ¿ves aún al ciervo correr hacia el bosque, alcanzado de pronto por los gritos? Sangra coloreando la ribera de su viva oscuridad, avanza tres o cuatro metros, se derrumba, el universo se deshace sin salirle de los ojos, nota un calor de olvido en el pecho y el vientre.

Y después nada más. (Una oscuridad densa como un chorro de plomo y, extendido en el cuerpo, hacia la noche, un hormigueo ligero en *crescendo pianissimo;* la confusión rosada y los párpados dulces, la sonrisa y el sueño, el traqueteo del bus…).

Amor, faltan milenios todavía para que un copista escuche las palabras de Gautama y las escriba en un papel, medio milenio más para que una serpiente instruya a Nagarjuna en los sutras sagrados, medio milenio más para que Kōbō-Daishi, entre el cielo vacío y la furia del mar, se proponga entender todas las cosas, y sin embargo apenas media nada entre el gran ciervo y tú, alcanzados de pronto por la flecha de la muerte: un minúsculo soplo en el fluir de la materia, una torsión levísima en la íntima, la blanda, la inasible estructura de la realidad.

(¿Tuviste tiempo, amor,

tuviste

tiempo?)

Sandra te apoya ahora la cabeza en el hombro; en la sangre la euforia todavía destella, erizándote el vello, tapizando el interior adormecido de tus párpados de vagas reminiscencias de música y luz. (Es una noche templada de primeros de octubre, ¿te acuerdas?). Todavía no ha empezado a amanecer. Vas de regreso a casa de tus padres, tras la fiesta, y el mundo parece perfecto y sencillo como un copo de nieve.

Piensa en la magnitud de esta felicidad, amor, aquí y ahora, recién cumplidos los dieciséis años: la añorarás más adelante, cuando en la vida todo se asemeje al pecio de un naufragio, cuando existir se convierta en un sinónimo de soportar; pero ahora mismo ni siquiera eres consciente de que está y te acompaña. Te limitas a dejar que circule por ti como si fuera un líquido abundante, benigno, rememorando el pulso de la música en el interior del club, su cadencia caliente en la cintura, en la espalda. Después miras a Cris, que se ha sentado en el asiento de delante, y en tu memoria se alza el tacto de sus dientes sobre la piel del cuello, y el de su lento abrazo en la resplandeciente noche del polígono, la misma que antaño fuera noche de los bosques y, aun antaño, la del impenetrable océano en el que lo vivo tomó forma por primera vez, dando lugar al largo curso sucesivo de los cuerpos.

El amor es el simple movimiento de la vida, ya lo sabes.

Ahora el tiempo se rinde a tu felicidad.

Madrid, 11 de agosto de 2031

APÉNDICES

UN FOLIO SUELTO

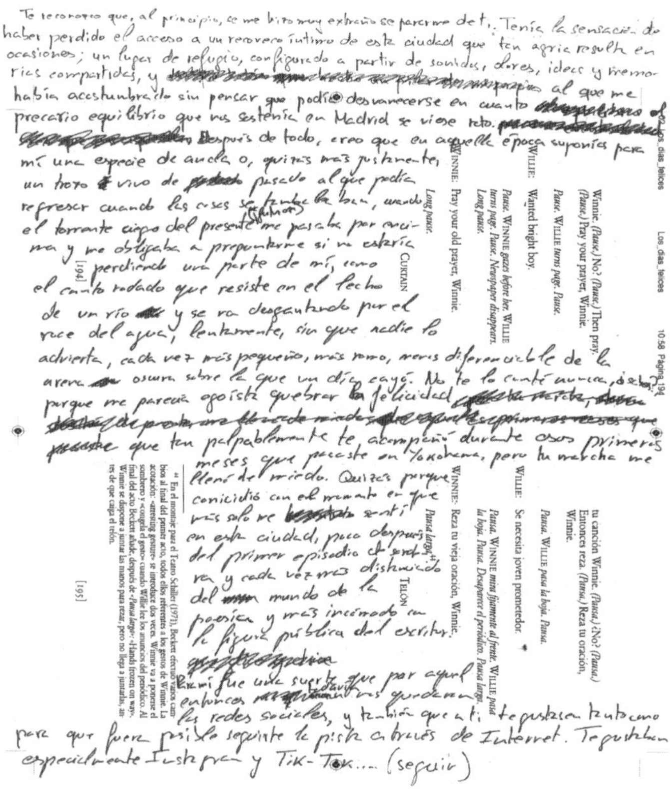

Folio suelto con apuntes a mano para la escritura de *Raíz dulce*. Cuando recuperaba algún recuerdo, lo escribía a toda prisa y en lo que tuviera más a mano. En este caso lo hice aprovechando unas viejas pruebas de imprenta que guardaba en casa como papel reciclable.

PROCEDENCIA Y CONTEXTO DE LAS CITAS

A. Citas exentas

PRIMAVERA DE LA NADA O SEIS POEMAS TRAS TU MUERTE. «El dolor tiene algo del vacío»; Emily Dickinson, poema 760 según la numeración de Franklin (1998); versión propia: «Pain — has an Element of Blank».

RAÍZ DULCE. «[las jóvenes] / toda la noche entera / canten el amor tuyo [y el de la novia]»; Safo (en Anne Carson, *Si no, el invierno. Fragmentos de Safo,* Vaso Roto, 2019, pág. 83; trad. de Aurora Luque. El texto original, que se conserva solo parcialmente, dice «πάρθενοι δ[/ παννυχισ-δοι[σ]αι[/ σαν αεί-δοιεν φ[ιλότατα καὶ νύμ- / φας ἰοκόλπω». Carson traduce: «girls / all night long / might sing of the love between you / and the bride»; la misma Luque, en *Safo. Poemas y testimonios,* (Acantilado, 2004, pág. 29), ofrece otra versión: «las jóvenes celebran una fiesta / que la noche entera ocupa / allí cantan tu amor y el de la novia»). | | «[Nada es más dulce que el amor; las demás alegrías son secundarias:] hasta la miel rechazo de mi boca»; Nosis (en *Grecorromanas. Lírica superviviente de la Antigüedad clásica*, Planeta, 2020, pág. 177; trad. de Aurora Luque: «Ἅδιον οὐδὲν ἔρωτος· ἃ δ' ὄλβια, δεύτερα πάντα ἐστίν· ἀπὸ στόματος δ' ἔπτυσα καὶ τὸ μέλι»).

POEMA PRIMERO. «[¡]Amor, enemigo mío[, / muerde tu raíz amarga!]»; Federico García Lorca, del poema «Gacela VI. De la raíz amarga» del *Diván del Tamarit* (en *Poesía completa,* Vintage Español, 2012, pág. 524).

POEMA SEGUNDO. «Amaba los relámpagos [Vivía en una isla Su madre era / Ninfa de un río que corría hacia el mar]»; Anne Carson, «XV. Todo lo que se sabe de Gerión», *Autobiografía de rojo* (Pre-Textos, 2016, pág. 33; versión de Jordi Doce: «He loved lightning He lived on an island His mother was a / Nymph of a river that ran to the sea»).

POEMA TERCERO. «La sombra de las flores pesa sobre las puertas»; Li Qingzhao, del poema intitulado «16. Pequeñas montañas superpuestas» [en *Jade puro (Poemas para cantar),* Hiperión, 2014, pág. 65; versión de Kuo Tsai Chia y Miguel Salas Díaz:

花影壓重門].

POEMA CUARTO. «Tú no sabías que la muerte es bella / y que se hizo en tu cuerpo», Claudio Rodríguez, del poema «Secreta» [en *Poesía completa (1953-1991)*, Austral, 2015, pág. 364].

POEMA QUINTO. «[Los días de la luz están contados;] pero fuera del tiempo y del espacio está el imperio de la

Noche»; Novalis, *Himnos a la noche*, II (Cátedra, 1992, pág. 67; versión de Eustaquio Barjau: «Zugemessen ward dem Lichte seine Zeit; aber zeitlos und raumlos ist der Nacht Herrschaft»).

POEMA SEXTO. «Después de todo, lo que en el otro nos conmueve solo es un préstamo que le ha hecho la vida»; Marguerite Yourcenar, *Alexis o el tratado del inútil combate* (Alfaguara, 1977, pág. 93; versión de Emma Calatayud: «Ce qui nous émeut chez un autre ne lui est après tout que prêté par la vie»).

POEMA SÉPTIMO. «[Heme aquí / una mujer sola /] en el umbral de la estación del frío»; Forugh Farrojzad, del poema «Tengamos fe en el comienzo de la estación del frío» (en *Nuevo nacimiento*, Ediciones del Oriente y del Mediterráneo, 2004, pág. 109; versión de Clara Janés y Sahand:

و این منم
زنی تنها
در آستانه ی فصلی سرد).

POEMA OCTAVO. «[Cuando una forma nos ha sido dada, / persiste hasta que la vida se agota. / Nos cortamos con el filo de las cosas. / Nos evitamos mutuamente.] / Veloces como caballos galopando. / Incontenibles. [¿No es una lástima?]»; en *Los Capítulos Interiores de*

Zhuang Zi, II.II (Trotta, 1998, pág. 46; versión de Pilar González España:

> 一受其成形 不亡以待盡。與物相刃相靡 其行盡 如馳 而莫之能止。不亦悲乎。).

Poema noveno. «Todo cambia, / ha cambiado / o cambiará, / a las rocas les crecen raíces / y brotan [...]»; Ana Blandiana, del poema «Paso», de *La arquitectura de las olas* (1990) (en *Un arcángel manchado de hollín. Tres libros,* Galaxia Gutenberg, 2022, pág. 179; versión de Viorica Patea y Natalia Carbajosa: «Totul se schimbă, / S-a schimbat / Sau se va schimba, / Stâncilor le cresc rădăcini / Şi dau muguri [...]»).

Poema décimo. «[¡]Enséñame, tan solo enséñame, [Amor!] / Tal como tú me digas / aprenderé tu lengua[, Amor,] / y pensaré tu pensamiento»; Robert Browning, del poema «La última palabra de una mujer» (en *La licencia y el límite. Antología poética*, DVD, 2005, pág. 105; versión de Carlos Jiménez Arribas: «Teach me, only teach me, Love! / As I ought / I will speech thy speech, Love, / think thy thought»).

Conversación del viernes 17 de agosto de 2028. «[Buscábamos / dentro del corazón nuestros recuerdos. /] Quizás no tiene historia la alegría [/ Mirándonos adentro / callábamos los dos]»; Luis Rosales, del poema «Lo que no se recuerda» (en *La casa encendida. Rimas. El contenido del corazón*, Cátedra, 2010, pág. 352).

POEMA DÉCIMOPRIMERO. «Nada nos quedará, pero esa nada / tendrá la imprecisión de lo que avanza y vive[, / su medida azarosa, / y será suficiente para llenar esa otra nada / que abarca el breve espacio de una vida]», del poema «Nada nos quedará…»; Francisca Aguirre (en *Los trescientos escalones*, Bartleby, 2012, pág. 93).

POEMA DECIMOSEGUNDO. «el deseo del placer, el deseo de vivir, // no solamente el deseo de aguantar»; Hilda Doolittle, «The flowering of the rod», 5, vv. 8-9 (en *Trilogy*, Carcanet Press, 1973; versión propia: «the will to enjoy, the will to live, // not merely the will to endure»).

POEMA DECIMOTERCERO. «No digas *sueños*; / diles, mejor, *fantasmas*[, / que en este mundo / cuanto vemos y oímos / se desvanece]»; Fujiwara no Teika, tanka sin título (en *La semilla y el corazón. Antología de poesía japonesa*, Alba, 2022, pág. 235; versión propia junto con Teresa Herrero:

まぼろしよ
夢ともいはじ
世の中は
かくてききみる
はかなさぞこれ.).

POEMA DECIMOCUARTO. «[...] en ese país las estaciones no existen[, vivimos en una estación única]»; Marguerite Duras, *El amante* (Tusquets, 2010, pág. 11; versión de Ana María Moix: «il n'y a pas de saisons dans ce pays-là, nous sommes dans une saison unique»).

POEMA DECIMOQUINTO. «Allí domina el árbol del espanto»; Joan Vinyoli, del poema «El tiempo» (en *Cuarenta poemas*, Lumen, 1980, pág. 35; versión de José Agustín Goytisolo: «Allí domina l'arbre de la por»).

POEMA DECIMOSEXTO. «blando como la tierra es el género humano [y los dos necesitan que se los transforme]»; W. H. Auden, del libro-poema *In Praise of Limestone* (en *Collected Poems*, Random House, págs. 414-415; versión propia: «soft as the earth is mankind and both need to be altered»).

POEMA DECIMOSÉPTIMO. «Cortesía de la muerte, / la vida[, / con una semilla de tiempo germinando dentro]»; Pilar Pallarés (en *Tempo fósil*, Chan da Pólvora, 2020, pág. 44; versión propia: «Cortesía da morte, / a vida, / cunha semente de tempo xermolando dentro»).

POEMA DECIMOCTAVO. «[La sombra abrumadora de un poder invisible / sobre nosotros flota y, aunque oculta, visita / este mundo diverso con alas tan volubles / como el viento estival que vuela entre las flores. / Como rayos de luna que caen tras la montaña, / visita con destellos fugitivos / el corazón y el mundo de los hombres; / (...) / como criatura] amada por su gracia / y más amada aún por su misterio»; Percy Bysshe Shelley, *Hymn to intellectual Beauty* (en *No despertéis a la serpiente. Antología poética bilingüe*, Hiperión, 1991, pág. 35; versión de Juan Abeleira y Alejandro Valero: «The awful shadow of some unseen Power / Floats though unseen among us; visiting / This various world with as inconstant wing / As summer winds that creep from flower to flower; / Like moonbeams that behind some piny mountain shower, / It visits with inconstant glance / Each human heart and countenance; / (...) / Like aught that for its grace may be / Dear, and yet dearer for its mystery»).

POEMA FINAL. «habla el río un lenguaje / sin comienzo ni fin»; María Negroni, del libro-poema *Oratorio* (Vaso Roto, 2020, pág. 45).

B. Citas inscritas en los textos (referenciadas parcialmente o sin referenciar)

POEMA OCTAVO/A: «… que el cuerpo sea la espuma de una ola le da igual, una casa de huesos, una caña tronchada», cfr. *Dhammapada* 46, 150 y 337 (versión de Juan Mascaró en *Dhammapada*, Penguin Clásicos, 2015).

POEMA OCTAVO/B: el poema de Yi Lu que se cita al final del fragmento es una versión libre traducida parcialmente a partir de la versión inglesa publicada por Fiona Sze-Lorrain en *Sea Summit: Poems*, Minneapolis, Milkweed Editions, 2016: «Eternal» («永恒»); el original chino es el que sigue: «永恒不是直线的 / 它像蒲公英炸开的花 心脏的放射性疼痛 / 无数方向地飞出去 [...] // […] 没有一枚针 / 替它刺一个洞 // 因为那针 / 也在帮着建构永恒 // […]», que en inglés se tradujo como: «eternity isn't a straight line / like an exploding dandelion pain radiating from a heart / it flies in countless directions […] // […] not one needle / can pierce a hole in it // because the needle / also helps bluid eternity // […]».

POEMA NOVENO: «[…] ese rectángulo de agua, ese imposible» remite a José Lezama Lima. En entrevista con

Ciro Bianchi, el poeta aclaraba estas palabras: «En una ocasión, dije que la poesía era un caracol nocturno en un rectángulo de agua, pero desde luego, se le ve la raíz irónica a esa no definición, es decir, un caracol nocturno no se diferencia gran cosa de uno diurno y un rectángulo de agua es algo tan ilusorio como una aporía eleática, pero antes de todo, no para definir la poesía que no lo necesita, sino para acercársele, como yo he hecho en varias ocasiones, hay que hablar de la poesía, del poeta y del poema. La poesía actuando en la historia ni siquiera necesita nombrar su ejecutor, un poeta. El poema es un cuerpo resistente frente al tiempo y el poeta [...] el hombre que cuida un germen, nada menos que la semilla del *potens*, de la infinita posibilidad» (cfr. «Interrogando a Lezama Lima», en *Recopilación de textos sobre José Lezama Lima*, sel. y notas de Pedro Simón, Ediciones Casa de las Américas, 1970, pág. 17).

POEMA DECIMOQUINTO: «[...] te pareció venido de algún otro lugar, como si el príncipe de un mundo extraño hubiera decidido explorar este» remite a la descripción que Arthur Edward Waite hace de El Loco en su célebre libro *The Pictorial Key to the Tarot* (1911): «He is a prince of the other world on his travels through this one» (*The Pictorial Key to the Tarot. With 78 Plates, illustrating the Greater and Lesser Arcana, from designs by Pamela Colman Smith*, Dover Publications, 2005).

Poema final/a: «… todo lo enardece y alza la crueldad milagrosa de abril. Después mayo desciende con el pelo trenzado…» remite, además de a Eliot (cfr. *The Waste Land*, «I. The burial of the dead», v. 1), a los *Himnos homéricos* (cfr. «IV. A Hermes», vv. 3-7).

Poema final/b: «… faltan aún milenios para que un copista escuche las palabras de Gautama y las escriba en un papel» es, de nuevo, una referencia al *Dhammapada* (id.).

Poema final/c: «… medio milenio más para que una serpiente instruya a Nagarjuna en los sutras sagrados» remite a la leyenda de la transmisión de los *Prajnaparamita*, textos fundamentales de la rama mahayana del budismo.

Poema final/d: «medio milenio más para que Kōbō-Daishi, entre el cielo vacío y la furia del mar, se proponga entender todas las cosas» juega con el nombre que utilizara en vida el célebre monje y filósofo japonés, fundador de la escuela shingon, Kūkai, nombre que él mismo escogió para sí y que se compone de los ideogramas 空 (kū, «cielo vacío») y 海 (kai, «mar embravecido») (cfr. Kasulis, T. P., *La filosofía japonesa en su historia*, Herder, 2019, págs. 115-116; trad. Raquel Bouso García).

C. Nota acerca de la estructura y la composición

Este libro debe dos aspectos fundamentales de su estructura a dos autores de cómic. En primer lugar, las superposiciones y los juegos temporales que se suceden a lo largo de los poemas de «Raíz dulce» y se adelantan en las dataciones de los seis poemas de «Primavera de la nada» se inspiran en la lectura de *Aquí* (1989), de Richard McGuire, editado en castellano en 2015 por Salamandra Graphic. El uso de las páginas negras como marcador de las pausas o saltos en el curso narrativo, así como para la introducción de las notas, fue por su parte inspirado por la serie *Buenas noches, Pun Pun* (2007-2013), de Inio Asano, editado en España por Norma Editorial.

Por lo demás, la composición de un libro anómalo y complejo como este no hubiera sido posible sin los muchos y excelentes lectores que me han acompañado durante sus casi cuatro años de escritura y revisión, entre los que no puedo dejar de destacar, por su paciencia, su larga conversación y sus buenos consejos, a Ana Rocío Dávila, Enrique Fuenteblanca, Alfredo Crespo, Mónica Ojeda, Alejandro Morellón, Rodrigo García Marina, Adrián Gabriol y Juan José Ruiz Bellido. Tampoco hubiera sido posible editar esta obra sin el apoyo, el tesón y la valentía de mis editores en Candaya: Olga Martínez, Eduardo Ruiz Sosa y, por supuesto, Paco Robles. A todos ellos, y también a Chus Pato por su emocionante epílogo, todos mis agradecimientos.

EPÍLOGO

Chus Pato

Podría ser un pueblo cualquiera. Es un pueblo andaluz, es Sevilla y son adolescentes y es el territorio de la amistad: el Zulo, una nave industrial abandonada –allí se reúnen–, la discoteca –allí «la música estalla como un sol dentro de ti»–, el olivar, el polígono/los bosques. Pau, Miguel, Cris, Sandra, Juan, Pez/Pececito/Ella/Él, un ciervo. El de Ella/Él, Pececito –su nombre de pila– no lo sabremos; a Ella/Él se dirigen los poemas, a Él/Ella se le pide que comparta el recuerdo, que recuerde. Y les ocurre lo que siempre sucede: la inocencia y de repente el amor y de repente la muerte.

Esa muerte que se nos presenta suprematista; también como si la secuencia de los bloques negros configurase la posibilidad de un pórtico, de una progresión de columnas y los poemas estuvieran escritos en el vano, entre hueco y hueco y tuviesen como soporte el aire, ese que entra y sale del cuerpo, y fueran la voz que desciende desde el amor a la raíz, a la muerte, a la muerta/al muerto.

Pero no nos adelantemos, porque la muerte, la primera, no es órfica; será la de un muchacho que vive en el Cañal. Un joven que –frente al abuso y frente a la desesperación– sabe que un cinturón puede sostener el cuerpo de la adolescencia, un cuerpo para siempre mecido por el viento. Y el destello de sus cabellos rojizos, el destello del ciervo rojo y de la sangre oscura que este vierte en las riberas.

La muerte, el amor es una escena de caza. Lo sabemos desde el principio. Será más tarde cuando el amor/la muerte aprenda la escritura, y entonces tal vez sea pertinente hablar del canto que conmueve a las piedras y fascina a los animales, y también de un antiguo método de sanación nacido del amor entre la doncella y Apolo. El paciente yacía en una caverna días y noches inmóvil, atendido por quien sabía curar sin intervenir en el proceso, y recibía su curación a través de sueños que le llegaban desde el país de los muertos. Aquella técnica recibía el nombre de incubación.

Debo ahora hacerme cargo de otra de las líneas de fuerza de esta escritura. El autor escoge una cita de Celan y es este poeta quien lo advierte: la poesía es antibiográfica.

Si bien quien escribe las cartas/los poemas se llama Juan como el autor del libro y las coincidencias entre la biografía de ambos son continuas, tenemos la seguridad de que Juan –sea cual sea de los dos– no nos está contando su vida. Y así es, y lo es por dos razones, la primera tiene que ver con la grieta que separa y une la lengua en la que se escribe un poema de y con la lengua de uso común. La segunda es aquel conocimiento que tenemos de que la lengua que narra lo que sucede o deja de suceder en la vida de una persona no coincide sin resto con lo que enuncia o puede comunicar. Es en esa fisura, en esa no concordancia total, en ese hueco en donde se juega la realidad del poema.

Celan lo escribe así: «Infinito también como la distancia entre su yo y su tú [se refiere al poema]: desde ambas partes, desde ambos polos se tiende el puente: en el centro, a medio camino, allá donde se espera el pilar de soporte, desde arriba y desde abajo, está el lugar del poema».

Resumiendo: el lugar del poema es su verdad y es una verdad que se da ahí, en esa infinita distancia –desde arriba y desde abajo–, pero también en ese infinito contacto entre su lengua y la vida de quien escribe.

Tratamos de decir que el poema no responde ante la biografía, por muchas que sean las coincidencias entre lo que las cartas relatan y lo que haya vivido el autor. El poema responde, y estos poemas así lo hacen, ante una verdad que es la suya, que se da en la cesura y que es fundamentalmente lingüística –pero tensionada por la vida.

Es, creo, importante recordar que entre los muchos hilos que se trenzan como soporte de la existencia, uno es el poético y la manera en que la vida poética es inolvidable para cualquier ser humano. Esa vida es común para toda la humanidad, pero el poeta, la poeta, la escribe y en esa escritura su figura es ya otra, una transfiguración.

Todo lo que vengo de anotar nos conduce a otra cuestión que este libro nos brinda y que es de enorme importancia en la poesía de este primer cuarto de siglo. Hablamos del yo que escribe, del yo del autor, del yo de la enunciación… En definitiva, hablamos de si la verdad de un poema pasa por la autenticidad de la vivencia o si la ficción es posible para este tipo de cuerpo que en general llamamos poesía. Creo que *Raíz dulce* es muy contundente en su respuesta. Casi me atrevo a decir que el libro contesta diciéndonos que poeta es precisamente aquel o aquella que logra una escritura en la que la ficción se convierte en verdad, ya que solo desde la distancia lingüística de la ficción puede alzar lo cierto del poema. E insisto, esta verdad no solo no coincide con su biografía, más bien es su raíz y su borde.

Con este poemario es posible pensar en las fronteras del poema. Abro la pregunta: ¿cómo es posible que un conjunto de cartas –en las que también podemos leer algunos textos de aquellos que nos han enseñado a reconocer como poemas– no se publique como novela bajo el rótulo de *Cartas a una mujer/a un hombre sin nombre*? (Disculpadme esta licencia con un título que no existirá jamás). ¿Por qué lo hace en una colección de poesía? Nada más osmótico que una frontera: traza la divisoria, pero las aguas de esta ribera y las de aquella otra discurren por el cauce común. Todo tipo de contrabando no solo es posible, sino deseable y necesario. Y así esta dulce raíz se nutre y nutre todas sus ramas, todas sus hojas de cualquier otro género que le venga bien a su autodeterminación, a su libre albedrio.

Sin tiempo no existe la escritura, y no solo porque el ritmo se concibe desde el metro de lo temporal. El tiempo es amplio y acoge en sí una enorme variedad. Suelen cruzarse en el poema un horizonte diacrónico y una vertical sincrónica; desde el centro se hacen rodar la estrella y su luz remota, su temporalidad. El poema séptimo habla del círculo que un ave translúcida traza en el cielo. Habla también del centro de ese vuelo celeste. El poema se titula «El futuro» y, al igual que en él, en la Historia se cruzan la sincronía y la sucesión; ahí en donde se produce el cruce se clava la aguja del compás.

«No hay más que un gran segundo del Paleolítico a ti» (cito). Extiendes la mano hacia atrás y no, no giras la cabeza porque no necesitas mirar, palpas la densidad y la tiniebla del tiempo y estás, y está el ciervo; y en donde estuvieron los polígonos estallan los bosques y es la caza y tú eres el ciervo. Y al darte caza tú comienzas a ser tu propio antepasado, perteneces, eres ya el arquero y tensas el arco. Perteneces a ese segundo en el que se contrae la diacronía: es el relámpago cegador que abre la posibilidad de la memoria y el poema. El poema es el vuelo del ave y su centro el futuro. Y entonces…

Entonces sostiene Derrida que una fecha tiene el valor de una firma, y firmas/datas una y otra vez los poemas en el futuro, un futuro muy próximo, pero la profecía es esa fórmula en la que el futuro se escribe. *Raiz dulce* está ampliamente firmada.

Amplio y diverso es el tiempo y dilatado y acogedor el centro. El relámpago que no excluye el jazmín ni la clase de la que procede aquella/aquel a la que/al que se dirige la escritura –Ella/Él, Pececito, que no tiene nombre ni sexo/género definido. Se hace cargo el poema de la clase y a ella es fiel: un día de mediados de enero de 2010 el padre pierde el trabajo y, absorto, se queda mirando cómo crece la mata de jazmín y no es capaz de entrar en casa. Finalmente entra y, con su mujer y Ella/Él, su hija/hijo, que no tiene nombre y es adolescente, brinda con bourbon. Sí, estoy diciendo que «la raíz» y «lo dulce» son poesía social y de clase, concebida y dirigida a un amplio público lector que puede, porque es letrado, leerlo. Social y de clase del siglo XXI, claro. Y muy hermoso es que Eurídice (un nombre posible para quien carece de él y es Pececito) sea descendiente de aquel que ante el despido queda frente al jazmín y brinda por el futuro.

Entonces, ¿es Orfeo quien canta, quien escribe el libro? ¿Estamos ante una escritura órfica? ¿Son estos poemas la escritura de un descenso a los infiernos en pos de la imposible resurrección de la que en la flor de la vida fue arrebatada? O –y también– ¿son estos poemas el registro de los sueños de quien yace en la caverna inmóvil como un animal y recibe del país de los muertos la curación, una curación/restitución que posteriormente escribe?

En principio no lo parece. Aunque los poemas llevan en sí mismos escrita la dirección postal del Hades o de otro cualquier país de las difuntas, Juan está muy enamorado de Ana Rocío y, además, Pececito y Ana Rocío se conocen en algún capítulo del poemario. Tampoco Juan parece estar enfermo.

Raíz dulce comienza con una nota en la que su autor nos presenta a la persona a la que se dirigen los poemas. Nos ofrece una muy somera biografía y termina, la nota, con esta frase: «Me gustaría pensar que, en cierto modo, la poesía restituye». Tal vez así sea y en este 2024 en el que el libro se publica –y en los años del futuro– un descenso a las tierras de los muertos tenga un final diferente al de la Grecia en la que vivió un cantor que se llamaba Orfeo, el que lograba, al igual que Juan F. Rivero, reunir a las fieras, a las piedras y a los guerreros tracios (o sus equivalentes en el año 2031) para que felices escuchasen sus cantos. Todo es posible y su contrario también.

Y ya va siendo hora de despedirme de ti, lector/lectora. Lo haré, pero no sin antes decir unas palabras últimas.

Este libro es finalmente un canto a la amistad y al amor y trata de salvar la deuda con quien ya no está, pero forma para siempre parte de nuestros días. *Raíz dulce* es un logro absoluto y sitúa a su poeta como un valor total, muy lejos de lo que llamaríamos promesa o lindezas por el estilo. Celébrelo quien así pueda verlo, ignórelo quien no tenga ojos para cegarlos. El tiempo existe y presente y futuro son dos de sus modalidades, como todo el mundo sabe…

El amor es el simple movimiento de la vida.
Ahora el tiempo se rinde a tu felicidad.

ÍNDICE